The Womanizer

Meister der Technik

Der Griff in die Trickkiste

AF219848

The Womanizer

Meister der Technik

Der Griff in die Trickkiste

Bibliografische Informationen der Deutschen Nationalbibliothek
Die Deutsche Nationalbibliothek verzeichnet diese Publikation in der
Deutschen Nationalbibliografie; detaillierte bibliografische Daten sind
im Internet über dnb.dnb.de abrufbar.

Printed in Germany

ISBN 978-3-7543-4242-8

Herstellung und Verlag: BoD – Books on Demand, Norderstedt

Meister der Technik

Der Griff in die Trickkiste

The Womanizer

Inhaltsverzeichnis

Meister der Technik

Ich bin ein Meister der Technik. Beruflich wie privat, vor allem im Bett. Als Künstler habe ich mir hier allseits einen exquisiten Ruf erarbeitet. Doch der größte Meister der Technik ist der Womanizer. Ich spreche vom revolutionären Sex Toy, das seit einigen Jahren alle Frauenherzen aufgeregter und glücklicher schlagen lässt. Der Erfinder dieser Zaubermaschine ist für mich der Obermacker. Hut ab vor so viel Genius. Dieses Buch ist dem Wunderwerk der Technik gewidmet. Was im Bett alles mit Hilfsmitteln möglich ist, habe ich selbst gebender Weise sowie empfangender Weise erfahren, von klassischen Vibratoren, Rabbits, anderen Tools bis hin zu ebendiesem Womanizer. Begonnen hat alles bei meiner Frau Andrea. Ihr schenkte ich ihren ersten Womanizer. Seitdem sind es einige mehr geworden, jede neue Version möchte sie haben.

Dieser Meister der Technik hat ihr Leben, damit auch unser gemeinsames Sexleben verändert. Es war vorhin schon geil, aber jetzt ist es Wahnsinn. Schon cool, wenn dieses Teil die ganze Arbeit macht. Selbst Frauen mit gravierenden Orgasmusproblemen schwören auf den Womanizer. Er ist die ultimative Lustmaschine, kann unendlich viele Höhepunkte schenken, ohne zu überreizen.

Aber nicht nur meine Andrea verwöhne ich damit, auch andere Frauen. Ihr wisst ja, ich treibe es ziemlich bunt. Für meine außerehelichen Abenteuer habe ich immer eine Zweitversion im Gepäck. So nehme ich Euch mit auf die Reise zu Verkäuferin Cathy, die mich mit dem Twin Charger verführte, zu Stewardess Denise, der ich auf die Schliche kam, zu Alexandra, die elektrisch noch ganz anders konnte, zu Geschäftsfrau Beate, die heiße Whirlpoolspiele bevorzugte, zu Ella, die fast durchdrehte, zu MILF Charlotte, die ihre Erfüllung fand, auch zur luderhaften Xandra, die für Geld alles tat. Werdet auch Ihr zu Meistern der Technik!

Euer Womanizer

Eine neue Zeitrechnung beginnt

Meine Göttergattin Andrea hatte bald wieder Geburtstag, doch was sollte ich ihr diesmal schenken? Mein Kollege Anton, ein guter Freund, empfahl mir sofort den „Womanizer Pro". „Was ist das?", fragte ich ihn neugierig. „Das ist das genialste Sex Toy, das es gibt", erklärte er fachmännisch. Stimmt, irgendwas hatte ich davon gehört. „Pass auf, meine Frau und ich benutzen regelmäßig den Womanizer – ein besonderes, neuartiges Klitoris-Sauggerät, das über Schwingungen funktioniert. Der Womanizer arbeitet nicht wie typische Vibratoren mit Vibrationen, sondern mit Druckwellen. Er wird auf die Klitoris gesetzt, der Aufsatz saugt diese leicht ein und stimuliert den Kitzler sanft, aber intensiv. So wird die Klitoris nicht überreizt, ein heftiges Lustgefühl entsteht. Multiple Orgasmen sind so möglich." Wow, dachte ich, das klingt fantastisch!

„Stell Dir vor: Der neue Womanizer Pro ist noch besser. Meine Frau erlebt damit so krasse Orgasmen wie nie. Und das beflügelt nun nicht nur ihre, sondern auch meine und unsere gemeinsame Sexualität." Das musste ich auch haben! Am nächsten Tag brachte mir Anton das Teil zur Begutachtung mit. „Das sieht so harmlos aus, und wenn Du Deinen Finger drunter legst, spürst Du kaum etwas, aber bei Frauen wirkt das Teil Hammer!", protzte er und ließ tief in sein Bettleben einblicken:

„Meine Frau und ich haben schon alles ausprobiert, von den klassischen Vibratoren über Massagegeräte, Rabbits, Liebeskugeln. Aber der Womanizer Pro stellt alles in den Schatten. Meine Frau hat sich immer schwer getan mit Orgasmen, doch der Womanizer schenkt ihr einen nach dem anderen, sie will dann nicht mehr aufhören, sondern macht sich einen Höhepunkt nach dem anderen. Das Ding ist das Beste, was ich erlebt habe."

Diese Worte überzeugten mich. Ich vertraute Anton und bestellte einen Womanizer Pro in Magenta. Wenige Tage später kam er an. Ich verpackte ihn hübsch und wartete. Nun kam er, Andreas Geburtstag. Eine gute Freundin von uns, gleichzeitig unsere Nachbarin, selbst 2 Kinder, nahm uns unsere ab und ermöglichte uns einen Relax-Tag in der Therme Erding.

Ich liebe die Therme Erding! Schon seit vielen Jahren gehen wir dorthin, wenn uns nach Kurzurlaub ist. Wir genießen die Saunawelt mit den Themensaunen, das Thermalwasser, die kuscheligen Beckengrotten, einfach das gesamte Flair, das diese Therme einzigartig macht. Umschlungen lagen wir auf einem Himmelbett und genossen die Nähe und Zweisamkeit, die wir so sonst nur noch eher selten haben.

Während Andrea einschlief, ließ ich es mir nicht nehmen, in die Runde zu blicken und viele nackte Frauenkörper unter meine Lupe zu nehmen. Schöne, hässliche, junge, alte, große, kleine, knackige, faltige – für jeden war etwas dabei. Nach heißem Saunamarathon hatten wir noch eine schöne Zeit im Wasser, bis es Zeit fürs Abendessen war. Ich führte sie in ihren Lieblingsitaliener „Il Rialto", wo wir lecker dinierten.

Wir strahlten und ich wünschte Andrea von Herzen alles Gute zu ihrem 31. Geburtstag. Aus dem unschuldigen 21-jährigen Mädel war eine wundervolle Frau gereift. Sie sah aus wie 25, trotz zweier Kinder, ihr Körper war knackig und sexy. Ich Glückshase! „Und jetzt kommt mein Geschenk für Dich", überreichte ich ihr den verpackten Womanizer. „Danke, mein Schatz, so lieb von Dir", küsste sie mich zärtlich und begab sich daran, die Geschenkverpackung zu öffnen.

„Nein", kreischte ich, „nicht jetzt, öffne es Zuhause." „Warum nicht jetzt?" „Wenn Du es geöffnet hast, wirst Du wissen, warum", antwortete ich ihr mit einem Lächeln. Das überzeugte Andrea und sie legte das Geschenk beiseite. Eine halbe Stunde später kamen wir nach Hause und Andrea war in Sex-Stimmung. Lasziv entkleidete sie sich vor mir und legte sich nackt auf unser Bett. „Komm zu mir", hauchte sie mir zu und drehte das Licht ab. Ich drehte es an: „Das wirst Du brauchen, wenn Du sehen willst, was Dein Geschenk ist."

„Juhu!", rief Andrea stürmisch und schnappte nach der Box. Das Geschenkpapier war schnell entsorgt, und voller Staunen schaute sie auf die Womanizer-Verpackung. „Was ist das, mein Schatz?", fragte sie erstaunt. Dann erst verstand sie. „100 Prozent Orgasmus-Garantie", las sie vor und kugelte mit ihren hübschen Augen. „Glaube ich nicht", sagte sie, das kann kein Gerät der Welt.

„Andererseits, die Miri hat mir letztens darüber berichtet, wie geil das Teil sei. Vielleicht stimmt es ja doch." „Es gibt einen Weg, das herauszufinden", behauptete ich und gesellte mich mit meiner Latte zu ihr ins Bett. Während Andrea den Womanizer entpackte und bestaunte, las ich in der Anleitung sofort, dass der Akku erst aufgeladen werden muss. Schnell an den Strom! Die Lust auf Sex war noch da, also fing Andrea an, meinen Dude zu streicheln und mich zu küssen.

Schnell waren wir mittendrin und es entwickelte sich wunderschöner, leidenschaftlicher Sex, den wir mit Orgasmen im Beischlaf beendeten. Unsere Kinder blieben nebenan über Nacht, sodass wir ungestört den Abend planen konnten, doch Andrea hatte wohl andere Pläne: Wohlig müde von der Therme schlief die Maus in meinem Arm ein. Ich schaltete den Fernseher an und schaute leise einen Spielfilm, bis ich sah, wie der Akkuknopf am Womanizer Grün leuchtete. Jetzt ist er ready!

Vorsichtig entknotete ich mich von Andrea, die selig weiterschlief, und holte das Teil vom Strom. Ein kurzer Druck auf den Startknopf, ein leises Summen ertönte. So, jetzt ran an die Bouletten! Andrea lag auf ihrem Rücken, ich spreizte behutsam ihre Beine, las mir die Gebrauchsanweisung schnell durch und legte den Saugknopf des Womanizer Pro auf ihre Klitoris. Dann schaltete ich das Gerät an. Auf die niedrigste Stufe.

Es begann zu arbeiten. Andrea schlief noch tief, aber das änderte sich ganz schnell. Plötzlich zuckte sie auf und orientierte sich. „Was ist hier los?", lallte sie mir entgegen, dann sah sie den Womanizer an ihrer Möse und spürte die wunderschönen Gefühle, die dieses Teil erzeugte. „Ah!", genoss sie und starrte auf ihre Muschi. Auch ich starrte gebannt hin. Auf niedrigster Stufe leistete der Womanizer schon gute Arbeit.

Mal eine Stufe hochschalten. Das hielt Andrea keine 10 Sekunden durch und kam zu einem heftigen Orgasmus. Ich hatte Mühe, den Womanizer in Stellung zu halten, da Andreas Becken wie verrückt zuckte. Als sie fertig war, drückte sie den Womanizer weg und atmete durch. „Das war der Wahnsinn!", frohlockte sie. „Ein mega Orgasmus!" Ich freute mich mit und nahm sie fin meinen Arm. „Gib mal her", orderte Andrea an und nahm den magenta-farbenen Apparat in die Hände.

Sie betrachtete ihn genau und drückte auf das Start-Knöpfchen. Wieder begann er leise zu surren. Voller Neugierde hielt sich Andrea nun selbst den Womanizer Pro an ihre Klitoris und fand schnell die richtige Stelle. „Oh, Ah!", stöhnte sie, während ich zusah, wie sie den Womanizer fest im Griff hatte. Das kleine Büschel Schamhaare über ihrem Hot Spot sah so niedlich aus, während sie immer lauter wurde und innerhalb von 4 Minuten zu einem mächtigen Orgasmus kam.

Und das auf der niedrigsten Stufe. Das Teil ist echt der Wahnsinn, dachte ich und jubelte innerlich. Nach dem Drop-down küsste sie mich fest und sagte: „Schatz, Danke für dieses geile Geschenk. Danke! Es ist der Wahnsinn. Danke!" Doch vorbei war der Abend noch nicht. Nach 5 Minuten Pause drückte sie mir das Teil in die Hand: „Nochmal!"

Neben ihr liegend, küsste ich ihre Brüste und hielt den Womanizer dorthin, wo er hin muss. Andrea wurde so erregt, dass sie nach meinem Dong griff und ihn masturbierte. Je erregter sie wurde, desto schneller wichste sie. Ich nutzte die Gelegenheit und erhöhte auf Stufe 2. Schon kündigte sich ihr nächster Orgasmus an. Bebend kam Andrea erneut, kurz darauf ich, ebenso bebend. Mein Sperma spritzte hoch und bekleckerte ihre Hand.

Etwas unangenehm wurde es, weil sie ohne Rücksicht auf Verluste wichste. Hoch, runter, bis an die Grenze der Belastung des dünnen Bändchens. Das war wohl ihrer Erregung geschuldet. Egal, nichts passiert. Erschöpft und glücklich schliefen wir eine halbe Stunde später ein. Sonntag, 8:15 Uhr. Ich wachte auf. Weil neben mir eine schrie. Es war Andrea, die gerade kam. Den Womanizer in ihrer rechten Hand, haltend an ihre Pussy, stieß sie spitze Schreie aus und schüttelte das Bett kräftig durch.

Ich wurde wach und verstand: Das Luder hatte es sich soeben selbst besorgt. Und das schon zum zweiten Mal, gestand sie mir. „Ich war so geil und neugierig, und weil Du schliefst, habe ich selbst Hand angelegt", meinte sie schamhaft. „Stell Dir vor, diesmal habe ich mich bis zu Stufe 3 vorgetraut, der Orgasmus war der Irrsinn!" Hatte ich in der Beschreibung nicht gelesen, dass das Ding 7 oder 8 Intensitätsstufen hat?

Was würde wohl passieren bei Stufe 6 oder 7? Wenn die Stufen 1 bis 3 schon derart heftig sind. Das wollte ich ausprobieren. „Komm Schatz, entspanne und lass mich machen", befahl ich ihr und begab mich kniend zwischen ihren Beine in Position. Meine Frau öffnete bereitwillig ihr Paradies und ich startete mit Stufe 1, schaltete aber kurz darauf hoch auf 2. Andrea lechzte und gierte. Schnell drückte ich auf Stufe 3, und merkte, dass diese bereits das Ende des Liedes einläutete. Schnell auf Stufe 5 hoch, da kam sie schon. „Ah, Ah, Ah!", schrie sie mir entgegen und krampfte ihre Hände zu kleinen Fäusten zusammen. Das war der brutalste Orgasmus, den ich bis dato je von ihr gesehen hatte. Über 30 Sekunden dauerte er, bis Andrea sich langsam fallen ließ und ihr Becken sich beruhigte. Ich war stolz wie Oskar. „Schatz, das Teil ist genial! Die Orgasmen sind so wunderschön. Ich könnte ewig weitermachen, nichts ist überreizt. Ich möchte nochmal!"

Diesen Wunsch erfüllte ich ihr. Gebannt beobachtete ich sie, wie sie auf die Stufen 1 bis 3 reagierte. Andreas Erregtheit steigerte sich schnell wieder Richtung Orgasmus. Schnell hoch auf 4, dann auf 5. Andreas Körper wurde nervös. Ich wusste, jetzt kommt sie gleich. Also drückte ich weiter auf Stufe 6, dann 7. Dann kam sie. Gnadenlos drückte ich hoch auf die Finalstufe 8. Ihre Zuckungen waren ebenso gnadenlos wie final.

Ich dachte, Andrea elektrisiert sich gerade selbst. Nach ihrem Getöse richtete sie sich auf, nahm mir den Womanizer aus der Hand, umarmte ihn frech und lächelte: „Meiner! Mein Schatz!" Ich verstand. Sie meinte es nicht böse. Ich verstehe ja ihren Humor, und sie war einfach überglücklich über diese geniale Orgasmus-Maschine.

Küssend kuschelten wir noch ein wenig, bis wir unsere Kinder abholten und den Restsonntag als glückliche Familie genossen. Absolut überzeugt von den Leistungen des Womanizers, bestellte ich mir dasselbe Teil nochmal und schloss es bei mir im Büro in meiner Schublade ein. Für meine Abenteuer würde es ganz sicher einen neuen, geilen Kick bedeuten!

11

Gleiches Recht für alle

Ich bin ein offener Mensch. Sexuell sowieso. Immer auf der Suche nach dem ultimativen Kick & Fick. Für meine Frau Andrea hatte ich den Womanizer Pro entdeckt, und sie liebt diesen Super-Vibrator fast genau so sehr wie mich. Wir bauen das Teil oft in unser Liebesspiel ein, Andrea kommt dabei zu mehreren Orgasmen. Ich weiß, dass sie auch alleine gerne sich mit dem Womanizer vergnügt, aber der Spaß sei ihr gegönnt.

Eines lauen Abends fragte mich die Andrea nach geilem Ehe-Sex, ob ich nicht auch mal ein Sex Toy möchte. „Schatz, für Männer gibt es auch viel Spielzeug für den Penis. Pumpen, Vibratoren und so. Magst Du Dir nicht auch etwas anschaffen, was so gut ist wie mein Womanizer?" Hm, ein interessanter Ansatz, den meine Frau mir da anbot.

„Schon", summte ich zurück, „aber ich habe so etwas noch nie ausprobiert." „Na, dann wird es höchste Zeit", grinste sie und holte ihren Laptop hervor. „Hier, schau mal", zeigte sie mir die Website eines bekannten Erotik-Handels. Wir blätterten durch die Angebote, doch entscheiden konnte ich mich einfach nicht. „Weißt Du was: Ich gehe in einen Sex-Shop und lasse mich beraten. Dort kann ich die Dinger in die Hand nehmen, anschalten und der Verkäuferin alle Fragen stellen.

Dann werde ich mich für das Toy entscheiden, das mir am besten zusagt." „Gute Idee, mein Schatz", lobte mich meine Frau und küsste mich Gute Nacht. Ein paar Tage später fuhr ich nach der Arbeit in den nächstgelegenen Sex-Shop und schaute mich vorsichtig um. „Hallo, kann ich Ihnen helfen?", flötete mich eine sehr erotische Stimme von hinten an.

Ich drehte mich rasch um und blickte eine wunderschöne, junge Frau an. „Ich bin die Cathy, ich arbeite hier", stellte sie sich mir vor und wartete meine Reaktion ab. „Hallo", grüßte ich freundlich zurück und erklärte Cathy mein Bedürfnis: „Ich suche nach einem echt guten Sex-Toy für mich. Ich habe meiner Frau vor einiger Zeit den Womanizer Pro besorgt – er ist einfach fantastisch! Meine Frau liebt ihn. Jetzt meinte sie, ich soll doch auch ein gutes Teil für mich kaufen.

Das können wir dann auch in unser Liebesspiel einbeziehen." „Ja, der Womanizer ist echt der Hammer", grinste mich Cathy verdorben an, „etwas Besseres gibt es nicht für die Frau. Absolute Orgasmus-Garantie, kann ich bezeugen." „Gibt es so etwas auch für mich?", fragte ich neugierig. „Klar, es gibt viele verschiedene Toys für Dich und Deinen Penis", grinste Cathy mich verwegen an und präsentierte mir die absolute Weltneuheit: Den Satisfyer für den Mann. Ich staunte.

„Der wird von der männlichen Porno-Legende Rocco Siffredi empfohlen", hielt sie mir die schwarz-blaue, futuristische Röhre vor die Nase. „Ist neu auf dem Markt, aber der absolute Wahnsinn, was die Männer darüber berichten. Das Gerät bietet Dir eine Mischung aus Blowjob und Geschlechtsverkehr." Sie öffnete das Teil und ich durfte in den glitschigen Silikon-Inhalt hineinschauen.

„Hm, dieser Teil soll den perfekten Blowjob schaffen?", runzelte ich die Stirn. „Ich dachte eher an ein Teil, das mit Vibration arbeitet oder das pulsiert. Blowjobs sollen Frauen geben, das können die besser als so ein Gerät." Cathy grinste. Ihre langen, schwarzen Haare waren frisch gewaschen und dufteten gut nach Rose. Ihre Augen strahlten, ihre Lippen versprachen viel. Und die Figur! Während ich mir ihren Mund an meinem Penis vorstellte, holte sie das nächste Gerät, eine vibrierende Röhre.

„Das ist der Lusttunnel Alpha, da steckst Du ihn rein, und dann beginnt das Gerät gut zu vibrieren. 10 Stufen, unterschiedliche Modi, top Qualität und soll megaheftige Orgasmen bringen." Ich nahm das Teil in meine Hände und durfte die Vibrationen starten, die schon von außen fühlend sehr stark waren. So ging es weiter.

Cathy stellte mir weitere 4 Geräte vor, währenddessen netter, offener Smalltalk. Da ich der einzige Gast war, hatte sie Zeit und widmete sich meinen Bedürfnissen. Nach 20 Minuten wusste sie alles über mich: meine Penisgröße, Umfang und Länge, meine Lieblings-Sex-Praktiken und -Stellungen, meine Leidenschaft für Frauen und meine offene Einstellung für Spaß im Bett, auch außerehelich. Cathy und ich verstanden uns sehr gut, die Berührungen häuften sich, der Blickkontakt wurde schärfer. Ja, wir flirteten. Ich wusste, hier ist mehr möglich.

Also ging ich in die Offensive: „Das sind alles spannende Teile, aber wie soll ich wissen, wie gut die Dinger wirklich sind? Die sollte man ausprobieren können, bevor man sie kauft. Kosten ja nicht wenig Geld." Cathy lachte mich an, schaute mir tief in die Augen und meinte dann: „Du weißt, dass das hier nicht geht. Aber wenn Du Lust und gleich noch etwas Zeit hast, können wir gerne zu mir, und dort kannst Du ein bisschen ausprobieren, im privaten Rahmen, wenn Du verstehst.

Ich habe in 20 Minuten Feierabend. Und zu Hause habe ich ein paar von den Teilen als Testmodelle oder solche, die Mängel an der Verpackung aufweisen, die wir nicht verkaufen können, nagelneu, die einwandfrei funktionieren. Was meinst Du?" Meine Antwort: „Gerne, geile Sache!" Ich schickte Andrea eine kurze WhatsApp, dass es später werden würde und ein Geschäftsessen dazwischen gekommen sei, und machte mich mit der süßen 24-Jährigen auf den Weg in ihre 3-Zimmer-Wohnung, nur 5 Minuten vom Shop entfernt.

Cathy wohnte schön und modern. Ich durfte es mir gemütlich machen und zischte ein kühles Bier, während sie duschte und dann in einem hautengen T-Shirt und einer sehr kurzen Hot Pants auf mich zu stolzierte. „Ich gehe auch noch duschen", stöhnte ich und verschwand. Mit einem Handtuch bekleidet kam ich zurück. „So, dann wollen wir mal starten", lächelte die 1,70-m-Große und schickte mich auf das Bett, während sie das Licht abdunkelte.

„Mach Dich frei." Ich löste das Handtuch und offenbarte ihr meine ganze Schönheit. „Ein eleganter Schwanz", kam zurück. Sanft streichelte sie mit ihrer Hand meine Brust hinunter, bis sie ihn kurz in der linken Hand hatte. Blitzschnell wurde er steif. Cathy holte aus dem Schrank tatsächlich besagten Satisfyer. „So, den testen wir jetzt."

Mit Gleitgel schmierte sie meinen Dick und die Öffnung des Gerätes ein, und zog mir dieses sanft über mein vollsteifes Glied. Es fühlte sich echt seltsam an. Glitschig und etwas kühl. Der Satisfyer ist ohne Vibration, man muss ihn auf und ab bewegen. Das tat Cathy für mich. Ich lag da und genoss. Cathy hatte großen Spaß in dem, was sie tat. Sie blickvögelte mich und beobachtete meine Erregung.

Das Teil ist der Burner! „Wahnsinn, jetzt fühlt es sich richtig gut an", lächelte ich, „tatsächlich wie ein Blowjob." Cathy freute dies und sie schob den Satisfyer immer wieder hoch und runter. „Stopp, sonst komme ich", rief ich nach 4 Minuten, aber Cathy meinte nur „Das sollst Du ja", und machte weiter. Ich kam. Ich kam heftig. Ladung für Ladung schoss ich in das Silikon und genoss dabei Cathys bildhübschen Anblick: Ihre harten Brustwarzen und den dunklen Schamhaarstrich, den ich durch ihren hellweißen Slip erkennen konnte. „Und, wie war's?", wollte die Neugierige wissen. „Super, muss ich zugeben." „So, das Teil muss natürlich jetzt gut gereinigt werden", flötete sie und verschwand im Badezimmer damit. Dann kam sie wieder und legte sich neben mich, ihr Kopf auf meine Schulter, eingedreht in meine Brust.

Ich ließ es mir gefallen und streichelte ihre Haare und ihren Oberarm. So lagen wir 5 Minuten da, wie ein Paar, bis ich mutiger wurde und ihr unter das T-Shirt fahren wollte. „Na, na", warnte sie mich, „davon war keine Rede." Ich zog zurück und entschuldigte mich. Alles wieder gut. Cathy mochte mich, das spürte ich, sie ließ mich aber nicht weiter ran. Egal. Einen Orgasmus hatte ich ja bekommen von ihr, zwar nicht direkt von ihr, aber von einer von ihren Händen geführten Maschine. Wir plauderten über Sex, und sie erzählte mir, dass sie aktuell Single sei und aus einer 3-jährigen Beziehung komme, die ein böses Ende fand.

Seitdem habe sie einiges am Laufen, aber nichts Festes. „Hast Du Lust, noch ein anderes Gerät zu testen?", fragte sie mich nach 30 Minuten. „Ich habe auch den vibrierenden Lusttunnel Alpha da." „Ja, klar, immer", antwortete ich, und freute mich auf Runde 2. Wieder Gleitgel. Diesmal spielte Cathy meinen Schwanz etwas länger steif, sie streichelte ihn 2 Minuten ganz langsam und zart, bis er vollsteif war.

Cathys Hände fühlten sich mega an meiner Banane an, doch wieder sollte die Technik siegen. Schwupps, war er drinnen. Dieses Gerät fühlte sich enger an, geil. Stufe 1 der Vibration konnte ich nicht so doll spüren, aber Stufe 2 ging ab. Dieses Ding vibrierte und pulsierte meinen Dick gut, so kann es keine Frau.

Nicht mit Hand, nicht mit Mund, nicht mit Scheide, nicht mit Anus. Stufen 3 und 4 waren noch geiler. Dieses Gerät musste nicht hin und her bewegt werden. Cathy konzentrierte sich sehr auf mich und fixierte mich mit ihrem Blick. Als nach wenigen Minuten Stufe 5 aktiviert wurde, aktivierte dies meinen Höhepunkt. Zuckend schoss ich zum zweiten Mal am Abend meinen Erstsamen heraus und vibrierte noch 1 Minute nach.

„Das war geil, besser als der Satisfyer. Genauso ein Teil hatte ich mir vorgestellt", grinste ich. Cathy war glücklich und säuberte den Lusttunnel professionell im Bad. Danach legte sie sich zu mir und kuschelte sich in mich. Ich versuchte mein Glück erneut, und diesmal durfte ich ihre Titten streicheln. Die fühlten sich geil an. Cathy schnurrte wie eine Katze und streichelte meine Brust, meinen Bauch, und immer wieder über meinen Penis und meine wohlgeformten Hoden.

Wie gerne hätte ich noch einen dritten Orgasmus mit ihr erlebt, aber es wurde Zeit, mich auf den Heimweg zu machen. Man soll sein Glück ja nicht überstrapazieren. Cathy verstand und ließ mich ziehen. Andrea erzählte ich, dass ich kurz im Sex-Shop war, und dass mir der Lusttunnel Alpha gut gefiel, ich mich aber noch nicht zum Kauf entschieden habe. 159 Euro sind ja keine Kleinigkeit.

2 Tage später schickte mir Cathy eine WhatsApp. Wir hatten unsere Nummern ja getauscht, und schrieb mir, dass sie einen neuen Penis-Vibrator erhalten habe. Diesen könne ich gerne wieder bei ihr in einer Privatvorstellung testen. Ich richtete mir den Zeitraum ein und freute mich, Cathy wiederzusehen. Cathy öffnete mir in einem Hauch von nichts und hieß mich willkommen in der „Lustspielhölle".

Oh Mann, was hatte sie diesmal mit mir vor? Nach kurzem Smalltalk und meiner Dusche erwartete sie mich auf dem Bett. Ich legte mich hin und genoss, wie die Sex-Shop-Schlampe meinen Penis sanft streichelte, bis er hart wie ein Rohr war. Dann streifte sie sich ihre Restklamotten ab und präsentierte mir ihren göttlichen Körper. Ein Traum! Ihre Pussy war so süß, ihr Arsch genauso. „Das ist der Twister, ein Vorhaut-Vibrator", erklärte sie mir und stöpselte dieses rote, runde Ding halb über meinen Penis. Dann ging es los mit den Vibrationen.

Es fühlte sich gut an. Cathy hatte Spaß dabei, mich zu befriedigen. Ihre Augen funkelten. Ich durfte wieder ihre Brüste streicheln, aber ihre Pussy war nach wie vor tabu für mich, ihre Hand war immer schneller als meine. Der Twister twisterte gut, doch nur die Vorhaut ist irgendwie nicht mein Ding. Ich will den ganzen Schwanz bearbeitet haben. „Hast Du noch etwas anderes da?", fragte ich sie daher ungeduldig.

„Ja, aber das Teil ist brutal", grinste sie, und holte einen schwarzen, großen Pulsator hervor. „Der Twin Charger", hielt sie ihn mir hin. „Ziemlich massiv und schwer", antwortete ich. „Warte ab, der wird es Dir richtig besorgen", schnalzte sie und ummantelte meinen Penis mit diesem Ding. Ein Gummiring drum herum sicherte meinen engen Peniskontakt mit der Masse. Langsam startete das Gerät, und es fühlte sich einfach krass an. Cathy stellte den Regler alle 20 Sekunden ein Stück höher, bis mein Penis ziemlich stark pulsierte. Ich hielt es nicht länger aus und kam: Mein Sperma floss aus meinem ejakulierenden Glied nur so heraus, so etwas hatte ich noch nie gesehen. Ich wurde richtig gemolken. Normalerweise spritzt es bei mir in 8-12 Zügen heraus, aber dass es herausläuft, das war neu für mich. Cathy drehte langsam die Pulsationen herab und legte sich wie immer in meine Brust. „Puh", stöhnte ich aus, „das war genial, besser als der Lusttunnel Alpha und der Satisfyer zusammen."

„Ja, das Teil ist echt brutal", lächelte die Schwarzhaarige und küsste meine linke Brust. Nach 5 Minuten Ruhe fragte ich sie: „Warum eigentlich darf ich Dich nicht richtig berühren?" Cathy drehte sich zu mir um und erwiderte: „Weil ich lesbisch bin. Ich stehe auf Frauen, nicht auf Männer." Das war ein Schock. „Und warum machst Du das mit mir?" „Weil ich Dich supersympathisch finde und mich zu Dir hingezogen fühle, aber mehr als enge Freundin, nicht als Sex-Partnerin."

Ich schluckte. So etwas war mir noch nie passiert. Eine bildhübsche Frau in meinem Arm, die überzeugte Pussy-Leckerin ist und Schwänze nicht mag. Die ich nicht küssen oder ficken darf. „Macht das eigentlich Sinn, hier noch weiter zu machen?", fragte ich ernst. „Warum denn nicht?", fragte sie ernst zurück. „Weil ich so ein Verhältnis nicht gewohnt bin."

„Also ich finde es schön mit Dir. Lass uns das so genießen. Was spricht denn dagegen?" Sie hatte Recht, dagegen sprach nichts. „Na gut", antwortete ich friedlich, „aber ich würde mich gerne revanchieren und Dich mal lecken zumindest oder fingern. Ficken muss ja nicht sein, wenn Du das nicht magst, aber Dir einen Orgasmus schenken, das wäre schon fair, denke ich." Sie überlegte. „Na gut, Du darfst mich fingern", willigte sie ein.

Ich fingerte los. Sehr maschinell, ohne Mundküsse. So bearbeitete ich ihre Pussy, bis Cathy nach 5 Minuten zu ihrem Orgasmus kam. Dann sollte ich nochmal ein anderes Gerät testen, aber ich entschied mich erneut für den Twin Charger, der so verdammt gut war. Diesmal drehte Cathy die Maschine höher, mein Penis zitterte wie unter Strom und kam erneut auslaufend. „Kannst Du mich nochmal fingern?", fragte sie mich danach.

„Lieber würde ich Dich lecken, ich kann das echt gut", schlug ich ihr vor, doch sie wollte nur gefingert werden. Alright. Dann halt so. Diesmal fingerte ich 2 Orgasmen aus ihr heraus, Cathy stöhnte laut und sah so süß dabei aus. Den Twin Charger musste ich haben! „Wie teuer ist der?" „259 Euro", antwortete Cathy. Abzüglich Freundschaftsrabatt nur noch 199 Euro." Immer noch Schweinegeld, aber das war er mir wert. Tags darauf schaute ich im Sex-Shop bei Cathy vorbei und kaufte mir offiziell den Twin Charger. Gleichzeitig war die Luft raus zwischen mir und Cathy.

Sie hätte sich gerne weiter getroffen mit mir, aber ich wollte nicht mehr. Zurück zu Andrea. Stolz präsentierte ich ihr die Penis-Maschine. Am späten Abend, als die Kids im Bett waren, setzten wir sie beim Liebesspiel ein. Unsere Wände sind echt dick, so mussten wir keine Sorge haben, dass irgendwer irgendwas hörte. Andrea bediente die Regler gut und staunte, als mein Sperma herausfloss statt herausspritzte. Seitdem nutzen wir den Twin Charger genauso wie ihren Womanizer Pro regelmäßig – ein Hoch auf die revolutionäre Technik!

Bambusrohr

Mir war langweilig. Ich sortierte meine alten Camcorder-Tapes und entdeckte ein nichtbeschriftetes Band. Was mag da wohl drauf sein? Mein Herz klopfte schneller, als ich die ersten Sequenzen sah: Es war mein Sex-Video mit Stewardess Denise. Ich hatte sofort einen Steifen und stöpselte die Kamera in den Fernseher ein, um das Ganze im Großformat zu genießen. Es war so geil, wie sie mich ritt und mir zum Abschluss einen blies, wie mein Sperma hochspritzte und sie mich dabei anlächelte. Ich holte mir genüsslich einen runter und schlief mit Denise im Kopf ein. Am nächsten Morgen klingelte mein Handy. Eine fremde Nummer. Ich war überrascht, wessen Stimme ich hörte: „Hi, hier ist die Denise. Wie geht es Dir?" „Danke, gut", antwortete ich. „Woher hast Du meine Nummer?"

„In Deinem Hotelzimmer lag ein Bündel mit Deinen Visitenkarten, da habe ich eine mitgenommen. Ich bin morgen und übermorgen in München. Hast Du Lust, mich zu sehen?" „Klar habe ich Lust, ich muss nur schauen, wie ich das hinbekomme. Frau und so, Du verstehst?" „Ich habe morgen ab 18 Uhr Zeit." „Wo?" „Hotel Excelsior." Sieh an, man kann sich´s leisten. „Ich gebe Dir morgen Vormittag Bescheid. Deine Nummer habe ich ja jetzt. Bis dann. Bussi."

Andrea erzählte ich von einem wichtigen Geschäftstrip nach Stuttgart: „Wir treffen uns zum Abendessen mit Kooperationspartnern aus der Schweiz und müssen einiges besprechen. Wir werden über Nacht bleiben und Samstag früh noch ein Meeting abhalten. Ich bin so gegen 14 Uhr schätzungsweise wieder zu Hause."

Punkt 18 Uhr am nächsten Tag parkte ich in der Tiefgarage des Excelsior und klopfte kurz darauf an Denises Zimmertür. Sie öffnete und fiel mir um den Hals. „Schön, dass Du da bist, komm rein!" „Die sind für Dich." Ich überreichte ihr einen Strauß Blumen, und setzte mich aufs Bett. Denise sah umwerfend aus. Ihre halblangen, blonden Haare waren frisch geföhnt und schön gelockt. Sie trug ein atemberaubendes Kleid, das mehr offenbarte als versteckte.

Schon lag sie neben mir und küsste mich am Hals und auf den Mund. Denise konnte wunderbar küssen, ich genoss es und machte mich an ihrem Kleid zu schaffen, das ich Sekunden später in meiner Hand hielt und seitlich zu Boden fallen ließ. Denise wollte mich ficken und war schnell auf mir drauf. Sie schob ihren Slip beiseite, öffnete meinen Hosenladen und steckte ihn tief hinein. Zuerst ritt sie langsam, dann immer schneller. „Warte", sagte ich und zog mir meine Klamotten sowie ihre aus. Nackt ging es weiter. Denise legte sich wie eine Prinzessin aufs Bett und genoss Ficken in der Missionarsstellung. Hart und härter wurden meine Stöße, die sie, wie vor einigen Wochen im Rom, wo wir uns kennen und lieben lernten, gut nehmen konnte. Als ich kam, zog ich ihn heraus und wichste ihr ins Gesicht. Ein bisschen Porno, aber egal. Denise öffnete bereitwillig ihren Mund und ließ sich bespritzen.

Andrea würde so etwas nie mit sich machen lassen, das ist halt der Unterschied zwischen einer Schlampe und einem anständigen Mädel. Nachdem sich Denise ihr Spermagesicht sauber gewaschen hatte, kam sie zurück aufs Bett und erzählte mir von ihren letzten Wochen. Doch für lange Ausschweifungen hatte ich keinen Nerv. Schnell war ich wieder in Stimmung und verwöhnte sie mit einer Massage. Zuerst ihren Rücken und Po, dann ihre Arme, Beine, Brüste, ihren Bauch und zu guter Letzt ihre Pussy.

Genüsslich leckte ich ihre Schamlippen auf und ab und umkreiste ihre Klitoris. Denise roch da unten gut. Nach Rose. Immer schneller wurden meine Zirkulationen, bis ich mein und Denises Ziel erreicht hatte: ihren Orgasmus. Denise drückte ihr Becken tief in mein Gesicht und zuckte, begleitet von lautem Stöhnen, ein paar Mal heftig zusammen. Ihr Saft schmeckte gut. Ich leckte weiter, bis sie meinen Kopf zur Seite schob und mich zu sich in den Arm zog.

Wir kuschelten, bis sie sich beruhigt hatte. „Mann, das war geil", atmete sie tief. „Komm, dreh Dich um. Jetzt bist Du dran." Mit unfassbarer Zärtlichkeit streichelte und massierte sie meinen Rücken und Po. Sie griff mir zwischen die Beine und spielte mit meinen Eiern. Das fühlte sich geil an. Dann durfte ich mich umdrehen.

Mein Penis stand wie eine Eins, doch ich musste mich noch etwas gedulden. Denise massierte meine Arme und Beine, meine Brust und glitt dann über meinen Bauch immer tiefer zum Zentrum meiner Lust. Ihr Griff war sensationell! Wie einen Hammer umfasste sie meinen Hammer, und begann ihn zu stimulieren. Sie hockte sich auf mich, als wenn sie mich reiten würde, ihr Rücken und Po zu mir gekehrt. Mein Penis befand sich direkt vor ihrem Bauch. So wichste sie mich, bis mir vor Geilheit schwindelig wurde. Ihr Gewicht spürte ich kaum, ihre 53 kg waren leicht wie eine Feder. Ihr süßer Po lachte mich an. Im Spiegel konnte ich sehen, was sie trieb. Mit beiden Händen umfasste sie ihn wie ein Schwert, und erhöhte das Tempo. „Ich komme!", stöhnte ich laut, und kam. Es spritzte über Denises Kopf und landete genau in meinem Gesicht.

„Hui!", rief sie erstaunt. Ich zuckte etwas geekelt zusammen, doch die Lust war zu groß, also genoss ich weiter. Denise wichste bis zum Ende, bis zum letzten Tropfen, und stieg dann von mir hinab. „Und, wie war's?", fragte sie mich. „Geil, die Position ist sensationell", jubelte ich. Denise entdeckte den Spermaklecks in meinem Gesicht. „Wahnsinn, das ist voll über mich drüber geflogen und Dir ins Gesicht! So etwas habe ich noch nie gesehen." „Ich auch nicht", beruhigte ich sie, „ich auch nicht."

Nun hatten wir Hunger. Wir zogen uns an und gingen ins Hotelrestaurant, um uns zu stärken. Das Steak schmeckte genauso gut wie der Wein. Exzellente Küche! Zurück im Zimmer entschuldigte ich mich kurz auf den Balkon, um mein obligatorisches kurzes Abendgespräch mit Andrea zu führen. Fertig. Denise war im Bad und duschte. Mein Blick schweifte durchs Zimmer und blieb an ihrem Koffer hängen. Etwas Rotes blitzte heraus. Ich wurde neugierig und öffnete den Spalt.

Ein roter String-Tanga lag da. Edel. Ich nahm ihn heraus, doch was dann zum Vorschein kam, verschlug mir noch mehr den Atem: ein Dildo. Denise tippte mir auf die Schulter, sie stand genau hinter mir: „Na, etwas Heißes gefunden?" Ich hielt den roten String hoch: „Das ist ein geiles Teil!" „Ich weiß. Und sonst?"

Sie drehte mich um und schaute mir tief in die Augen. „Naja, ich habe auch den Vibrator gesehen." Mit einem schnellen Griff holte sie ihn aus dem Koffer und präsentierte ihn mir: „Optimale Länge, optimale Breite, 5 Geschwindigkeitsstufen, Klitoris-Stimulation, hervorragende Verarbeitung. Bambus." Ich staunte. „Den habe ich immer dabei, wenn ich auf Reisen bin, ist schon eine geile Sache." Pause. „Hast Du es einer Frau schon mal mit einem Vibrator gemacht?" „Nein", log ich frech. „Dann wird es aber Zeit. Hier, nimm!", forderte Denise mich auf. Ich griff zu und schaute mir das Teil genauer an. Es war groß und dick. Größer und dicker als mein Penis. „Am liebsten stimuliere ich mir damit meine Klitoris. Viele Männer glauben, wir Frauen würden uns so ein Teil unten hineinjagen, aber das ist nicht korrekt. Rein und raus ist nur mit einem echten Schwanz geil." Mein Blick war gebannt auf den massiven Vibrator gerichtet.

Das sah Denise. „Willst Du ihn mal an mir ausprobieren?" „Gerne!" Denise legte sich aufs Bett. „So, nun schaltest Du ihn auf Stufe 1 und stimulierst mit der Vibratorspitze meine Muschi. Zuerst die Schamlippen, dann die Klitoris." Ich drückte aufs Knöpfchen, und der Vibrator begann zu surren. Während ich ihre Brüste küsste, hielt ich ihn sanft an ihre Pussy und fuhr die Schamlippen entlang. Das gefiel Denise.

Ich setzte ihn auf ihre Klitoris auf. Denise hatte ihre Augen geschlossen und atmete laut. „Jetzt Stufe 2." Ich drückte aufs Knöpfchen, und der Bambus-Dildo vibrierte schneller und lauter. „Weiter", stöhnte sie. Nun war Stufe 3 dran. Der Vibrator vibrierte nun schon ziemlich heftig, ich streichelte mit der anderen Hand die Innenseiten ihrer Oberschenkel, während sie vor Freude juchzte.

Stufe 4 brachte sie noch näher zum Höhepunkt. Als ich merkte, dass Denise immer unruhiger wurde, erhöhte ich auf Maximalgeschwindigkeit, Stufe 5. Voll auf die Klitoris drauf. Gleichzeitig leckte ich ihre Schamlippen. Stewardess Denise hatte einen Wahnsinnsorgasmus. Sie schüttelte sich wild, schrie „Oh Gott, oh Gott!", und hatte eine Herzfrequenz, die schneller nicht sein konnte. Schweißgebadet strahlte sie mich an, drückte mir einen Kuss auf den Mund, und sagte:

„Du siehst, wie geil so ein Teil ist. Orgasmus-Garantie." „Die hast Du bei mir auch", trotzte ich. „Schon, aber Du bist ja nicht immer da." „Leg Dich mal hin", sagte sie mit einem Funkeln in ihren Augen. „Möchte mal sehen, ob das bei Dir auch funktioniert." Was hatte sie vor? Mein Penis, der ohnehin schon steif war, machte nun seinen ersten Kontakt mit einem Bambus-Vibrator.

Mit einer Hand hielt Denise meinen Schwanz gerade, in der anderen hatte sie den Vibrator. „Stufe 1", lächelte sie und drückte den Zauberstab gegen meinen Dong. Es fühlte sich geil an, ganz anders als ein Hand- oder Blowjob. Stufe 2 war noch intensiver. Während mein Penis mitvibrierte, leckte sie meine Eier. Stufe 3 hatte es in sich. Ich spürte schnell, wie gut dieser Vibrator ist, und merkte es schon in mir brodeln. „Ich komme gleich", stöhnte ich. Blitzschnell stellte Denise auf Stufe 5, da kam es auch schon aus mir herausgeschossen.

Meterhoch spritzte die erste Ladung. Denise presste den Vibrator stark gegen meine Eichel, ich spürte jede einzelne Zuckung meines Gliedes. Ich war total alle und fühlte mich wie elektrisiert. „Du hast Recht", meinte ich, „das Teil ist der Hammer! Das war ein extravaganter Orgasmus." Denise lächelte und legte sich in meinen Arm. So schliefen wir ein.

Am nächsten Morgen wachten wir um 9 Uhr auf, Denise musste gegen 12 auschecken, wir hatten also noch Zeit. Ich fickte sie hart von hinten, Doggy. Plötzlich sagte sie: „Steck ihn doch mal eine Etage höher rein." Ich zögerte: „Arschfick?" „Ja, Arschfick", grinste sie, und befeuchtete ihren Anus. Es war eng und geil. Nach ein paar Minuten kam ich zum Orgasmus und spritzte meine Soße in ihren Arsch.

Wir kuschelten und quatschten über Gott und die Welt, bis Denise meinte: „So, einmal können wir noch, dann muss ich mich schick machen." Sie bestieg mich und ritt mich langsam und behutsam, bis ich nach 10 Minuten zum Höhepunkt kam. Ich zog mich an, verabschiedete mich von Denise und fuhr befriedigt nach Hause.

Aus 1 mach 2

Pünktlich um die Mittagszeit fand ich mich wie verabredet beim Italiener ein und wartete auf die hübsche Blondine Alexandra, die ich über meine Arbeit kennengelernt hatte. Ich wartete 5 Minuten, 10 Minuten, 15 Minuten, doch sie kam nicht. Als ich verärgert gehen wollte, stürmte sie mir entgegen. „Sorry für die Verspätung", keuchte sie. „Ich hatte ein wichtiges Gespräch", entschuldigte sie sich für ihr peinliches Zuspätkommen. „War wohl etwas sehr Wichtiges", fauchte ich und war auf ihre Ausrede gespannt. „Ja", antwortete sie kurz und trocken und bestellte eine Apfelsaftschorle. „Nun mal raus mit der Sprache", ging ich in die Offensive. „Was war der Grund?" „Sie." Ich schluckte. „Ich?" „Ja", meinte die Blonde, „Joanna war heute ziemlich geknickt, und ich habe sie gefragt, was los sei. Da hat sie mir das mit Ihnen erzählt."

So ein Luder, dachte ich, typisch Frau, muss gleich alles umhertratschen und petzen, dem Mann die Schuld in die Schuhe schieben und die Enttäuschte spielen. „Was hat sie denn genau erzählt?", wollte ich wissen. Die noch Namenlose schluckte und zierte sich, doch einer erneuten und deutlicheren Aufforderung meinerseits konnte sie nicht standhalten.

„Naja, ich habe ja mitbekommen, dass zwischen Ihnen und Joanna was läuft, das war ja nicht zu übersehen. Ich kenne Joanna gut, und sie war die letzten Tage sehr glücklich, was ja wohl an Ihnen lag. Doch heute Morgen war sie völlig aufgelöst, da habe ich vorsichtig nachgefragt, und sie erzählte mir die Story." „Was für eine Story?" „Na, dass sie sich in Sie verliebt hat, aber Sie leider in festen Händen und für sie somit tabu sind. So gerne sie auch möchte, sie kann einfach nicht."

„Tja, das muss jeder für sich entscheiden", konterte ich lässig. „Sie scheinen damit überhaupt kein Problem zu haben, oder?", lächelte mich die Süße provokant an. „Nein, habe ich nicht", bestätigte ich, „Sie etwa?" „Ich an Joannas Stelle hätte damit kein Problem." Was für eine Aussage, jubelte ich innerlich. Das war ein Zeichen. Eine Einladung auf mehr! Oder einfach nur so daher gesagt? Das musste ich herausfinden.

Ich musterte sie genau, was sie verunsicherte. „Was schauen Sie mich so komisch an?", fragte sie überrascht. „Ich überlege gerade, wie das wäre, Sie und ich …". „Heißt das, Sie würden gerne mit mir …". „Ja", beantwortete ich ihre nicht zu Ende gestellte Frage, und entlockte ihrem Gesicht ein Grinsen. „Und, was sagen Sie dazu?" „Sie sind ziemlich direkt", stieß sie mich an, „da weiß man wenigstens, wo man steht."

Sie blickte mir tief in die Augen: „Meine Antwort ist Ja, ich gehöre Ihnen." Wir aßen unsere Pizzen auf und verabredeten uns für 16 Uhr bei ihr zu Hause. „Ach übrigens, ich heiße Alexandra", war ihr letzter Satz, bevor ich in meinem Wagen zurück in die Firma brauste. Ich zählte die Minuten rückwärts, bis es endlich 15:30 Uhr war, dann packte ich meine Sachen und fuhr in die Sonnenstraße, wo die knackige Alexandra wohnte.

Ich klingelte, sie öffnete. Eine kleine, aber schöne Bude hatte sie. 2 Zimmer mit Balkon im 4. Stock eines großen Hauses. In T-Shirt und Jeans empfing sie mich locker und zeigte mir ihr Reich. Sie beendete die Führung im Schlafzimmer. „Hier sind wir richtig", hauchte sie mir ins Ohr und machte es sich auf dem Bett gemütlich. „Wenn Du mich willst, musst Du schon herkommen, ich beiße nicht", grinste sie mich verführerisch an. Das ließ ich mir nicht zweimal sagen. Schon saß ich neben ihr und begann, sie sanft zu küssen. Ich streichelte ihren kleinen Kopf und fuhr durch ihre langen, blonden Haare.

Gierig küsste sie mich, ihre Zunge war sehr aktiv. Ihre flotten Händchen spielten sich unter mein Hemd und massierten meine Brustwarzen. „Zieh mich aus", stöhnte sie und schob meine Tatzen an ihre Hose. Kurz darauf war sie nackt. Sie war sehr schön. Ihre Brüste standen, sie waren handgroß und fühlten sich toll an. Tiefer wanderten meine Augen und meine Hände. Ihr Bauch war wunderschön, gut trainiert, sexy.

Aber am Schönsten war ihre Pussy. Ein zarter, hellblonder Schamhaarstrich verzierte ihren Hügel. Ich blickte hoch, sie strahle mich an und küsste mich wild. Während ich sie streichelte, zog sie mich aus und staunte nicht schlecht, als sie meinen steifen Dong zu Gesicht bekam: „Der ist aber schön", lobte sie, „den muss ich unbedingt blasen." „Aber gerne", entgegnete ich.

Ich sah zu, wie Alex mit unfassbarer Zärtlichkeit meine gerade Banane in ihren Mund schob und daran zu lecken begann. Es fühlte sich himmlisch an. Warm und soft war ihr Mund, weich ihre roten Lippenstiftlippen, klein und fein ihre Hände. Ich lag da und schaute an die Decke. Was sah ich da: Einen Spiegel! Wie geil! Live and in living colour bewunderte ich Alexandra bei der Arbeit. Ihr Saugtempo wurde langsam schneller. Knallhart war nun mein bestes Stück, und bereit, abzuspritzen. „Jetzt", warnte ich sie vor und ejakulierte, doch Alexandra störte mein Sperma überhaupt nicht. Genüsslich ließ sie sich besamen und schluckte alles hinunter. „Mein lieber Scholli, Du bist aber heftig gekommen", lächelte sie mich an, „Dein Körper zittert immer noch." Stimmt.

Nun war sie dran zu zittern. Zärtlich begann ich, ihren Traumkörper zu stimulieren. 170 cm waren das und etwa 52 kg. Ihre Brustwarzen zählten definitiv zu ihren erogenen Zonen, sie zuckte wild herum, als ich an ihnen saugte. Dann ging es tiefer. Schließlich kam ich an Alexandras Venushügel und leckte zärtlich darüber. Noch etwas tiefer, und ich war am Ziel. Muff diving stand an. Ich leckte zuerst ihre äußeren Schamlippen, dann die inneren. Lecker schmeckten sie alle. Dann stieß ich meine Zunge in ihre Möse und setzte meine Twister-Lecktechnik ein, die sie wahnsinnig machte.

„Geil", stöhnte sie, „weiter!" Höchst motiviert machte ich weiter, und erlebte ihren Orgasmus hautnah. Sie stöhnte immer lauter, bis sie zu zucken begann. Ihre Kontraktionen waren heftig, ich leckte weiter und ließ nicht locker. Nach 30 Sekunden wurde sie etwas ruhiger, doch ich leckte weiter und spürte, dass da noch mehr rauszuholen war. Ich hatte Recht.

Alex verdrehte die Augen und ließ sich erneut gehen. 3 Minuten später kam sie zum zweiten Mal. Glücklich lächelte sie mich an und küsste mich auf den Mund. „Das war oberaffenhammergeil!" „Schön", lächelte ich, und nahm sie in den Arm. Da lagen wir nun, Alexandra und ich, glücklich und zufrieden. Sie hatte kein Problem mit meinem Beziehungsstatus. Ihr war es egal, ob ich verheiratet bin oder nicht, ob ich 10 Kinder habe oder nur 2. Das ist gut, viel besser als die pingelige Joanna.

Alexandra war süß. Sie gefiel mir sehr! Ihre freche, kindliche und zugleich direkte Art sprach mich an. Ich musste mehr von ihr haben. Das sagte ich ihr auch. „Was hältst Du von morgen, 16:30 Uhr?", fragte sie mich. „Geht", antwortete ich, „aber ich muss um 18:30 Uhr zu Hause sein, wir bekommen am Abend Besuch." Alexandra verstand und fragte nicht nach.

Ich zog mich an und verabschiedete mich mit einem Versprechen: „Morgen ficken wir!" Das gefiel ihr. Sie knutschte mich geil und blickte mir nach, wie ich die Treppen herunterflitzte. Der nächste Tag war so schön wie erwartet. Punkt 16:30 klingelte ich bei der Alexandra, sie öffnete und fiel mir um den Hals. Noch bevor ich Hallo sagen konnte, zog sie mich rein und aus. „Endlich!", rief sie aufgeregt. „Darauf habe ich mich schon den ganzen Tag gefreut." „Ich auch!" 3 Minuten später hatte sie ein rotes Noppenkondom in der Hand und streifte es mir über.

Zärtlich bestieg sie mich und ließ ihr Becken sexy über meinen Penis kreisen. Dann endlich die entscheidende Abwärtsbewegung. Mein Dong passte genau rein! Es war ein umwerfendes Gefühl, ihre saftige Pussy zu spüren. Elegant bewegte sie sich auf und ab, Alex´ teilrasierte Muschi war so süß und unschuldig. Umso sündhafter wurde das Spiel. Schneller wurde sie, immer schneller. Ich spürte es in mir brodeln, doch das konnte ich ihr nicht antun nach nur 2 Minuten Ritt.

„Warte", stieß ich sie an, „lass mich mal." Sie fügte sich meiner Entscheidung und streckte mir freundlich den Arsch entgegen. Der gefiel mir so gut, dass ich versehentlich fast Luke 2 benutzte. „Moment", drehte sie sich um, „Du bist zu hoch!" „Ja, das habe ich auch gerade bemerkt", entschuldigte ich mich. „Ist wohl die Aufregung. Jetzt aber!" Diesmal war es die richtige Öffnung.

„Ah, geil!", stöhnte Alexandra, während ich sie langsam von hinten vögelte. Ich musste es langsam tun, sonst wäre es schon nach wenigen Sekunden vorbei gewesen. „Fick mich härter", bettelte sie. „Aber dann komme ich gleich." „Egal, dann komm, ich will, dass Du in mir kommst." Na gut, dachte ich, wenn sie will, dann kriegt sie es. Also steigerte ich mein Tempo und spritzte meine Ladung ins Kondom. Gleichzeitig kam auch sie. Ihr Po wackelte, während sie spitze Schreie ausstieß. Fertig.

Alex blickte mich mit ihren süßen, blauen Augen an. Ich fühlte mich wie im 7. Himmel. „Das war schön!", strahlte sie. „Fand ich auch", nickte ich, und nahm sie in den Arm. Alexandra erzählte mir mehr von sich. Ich erfuhr, dass sie 25 Jahre alt war und nichts von Beziehungen hielt. „Na, es gehen sowieso alle fremd, also wieso dann versuchen, treu zu sein?", war ihre Ansicht. Da ist etwas dran. „Du bist die Nr. 6 in diesem Jahr", prahlte sie stolz. „Wenn man jung ist, muss man sich austoben und seinen Spaß haben." Eine gute Einstellung.

„Genug geplappert, jetzt wird geblasen", leitete ich die zweite Runde des Tages ein. Ich hielt ihr meinen Penis hin, und sah zu, wie sie ihn geschickt mit ihren niedlichen, kleinen Händen masturbierte. Zuerst mit der linken, dann mit beiden, dann mit der rechten Hand. Zwischendurch immer wieder kleine Blaser. Nun kraulte sie mir sanft die Eier, während sie schneller wichste. Ohne Vorwarnung schoss es aus mir heraus, gerade, als sie ihn im Mund hatte. Alex zuckte kurz, doch dann saugte sie gierig mein Sperma auf.

Etwa 10 Ladungen waren es, die sie schluckte und mich dabei anstrahlte. Geil. So ein Luder! Als es vorbei war, schaute sie mich brav an: „Leckst Du mich noch so toll wie gestern?" „Klar", antwortete ich, und machte mich über ihre Klitoris her. Zuerst streichelte ich sie mit meinem rechten Zeigefinger, dann mit der Zunge. 2 cm tief hinein und dann mit kreisenden Bewegungen gegen die obere Scheidenwand drücken – ja, das ist die Welttechnik, die alle Frauen glücklich macht.

So auch Alexandra. Stöhnend bebte sie innerhalb von 4 Minuten zum Höhepunkt. „Gott, das ist mega!", kreischte sie, als sie kam. Ich leckte fleißig weiter, bis das Gewitter vorüber war. „Mann, kannst Du das gut!", freute sie sich und drückte mich fest an sich. Gefährlich, gefährlich, dachte ich, ja nur nicht verlieben.

Alexandra war genau mein Fall: zuckersüß, niedlich und so verdammt geil. Mit ihr konnte ich mir mehr vorstellen, eine Affäre, aber das ging nicht. Das Risiko, das ich eingehe, ist ohnehin schon groß, mehr geht einfach nicht. Das war mir bewusst. Ein paar Tage konnte ich noch, aber dann musste ich ihr die Wahrheit beibringen.

Die nächsten 2 Tage war ich verhindert, Alexandra zu besuchen. Beruflich gab es zu viel zu tun. Termine, die Vorrang hatten. Schade. Dann aber klappte es wieder. 2 Stunden konnte ich freischaufeln für unser schändliches, geiles Treiben. Bevor wir loslegten, erklärte ich Alexandra den Stand der Dinge: „Pass auf, ich habe Dich verdammt gern, und der Sex mit Dir ist wirklich klasse, aber heute wird das letzte Mal sein – vorerst. Ich möchte meine Ehe nicht gefährden, meine Frau darf keinen Verdacht schöpfen. Daher müssen wir ab heute Abend getrennte Wege gehen. Aber eines verspreche ich Dir: Das wird nicht der letzte Sex sein, den wir miteinander haben. Ich habe Deine Telefonnummer und werde mich bei Dir melden, wenn es mal wieder passt. Einverstanden?" Ich hatte Angst vor ihrer Reaktion, doch die fiel äußerst cool aus: „Okay", sagte sie, als hätte sie mit meiner Botschaft gerechnet, und küsste mich zärtlich auf die Stirn.

„Leg Dich schon mal aufs Bett, ich bin gleich bei Dir", hauchte sie mir ins Ohr und verschwand. Ich war gespannt. Was hatte sie vor? 3 Minuten später kam sie wieder, in Strapse. Mir stockte der Atem. Sie drückte aufs Knöpfchen, und Joe Cocker erklang. Dazu strippte sie. Ich konnte es nicht fassen. So einen exklusiven Live-Strip hatte ich lange nicht mehr erlebt. Ich saß da und genoss.

In meiner Hose spürte ich eine Delle: Es war mein Handy. Mit dem konnte ich gute Fotos machen. Sie fragen? Nein, ich traute mich nicht. Ich muss aber! Also doch! „Das alles törnt mich gerade so an, das ist so sexy, was Du da machst, davon würde ich gerne ein Foto machen. Darf ich?", fragte ich Alex schüchtern. „Aber nur eines", willigte sie ein.

Ich zückte blitzschnell mein iPhone und drückte aufs Knöpfchen. „Geil", sagte ich, und hielt ihr das Foto hin. Ihr schien es zu gefallen. Freizügig posierte sie weiter und hatte kein Problem damit, dass ich zum zweiten Mal blitzte. Und wieder … und noch mal … und immer wieder. Pose für Pose präsentierte sie sich mir. Immer noch geiler, immer noch verruchter. Am Ende waren es 25 Fotos, die ich von ihr hatte. Nun war Alex ganz nackt und kam zu mir aufs Bett gekrochen.

„Na, hat Dir die Show gefallen?", fragte sie mich. „Fühl mal in meine Hose, dann hast Du die Antwort", grinste ich, und ließ sie gewähren. Schwupps, war er draußen. Ich lag da wie der Gott in Frankreich, und schaute zu, wie Alexandra Flöte spielte. Mein Fotohandy lag neben mir. „Lass doch mal sehen, wie Du das siehst", forderte sie mich überraschend auf, weitere Fotos zu machen, und drückte mir mein Handy in die Hand. Das erste Bild, das ich schoss, war leider verwackelt. Das zweite umso besser. Mein Dong in ihrem Mund, ihre rechte Hand an meiner Peniswurzel, ihre linke auf meinem Bauch, ihre Augen glänzten in die Linse. Ich zeigte ihr das Bild, was sie nur noch geiler machte. Nun fing sie an, mit der Kamera zu kokettieren. Ich zierte mich nicht und drückte immer wieder auf den Glücksauslöser, so lange, bis ich kam.

„Jetzt gleich aber", stöhnte ich und filmte den krönenden Abschluss. Geil drückte sie ihre Zunge an meine Penisspitze und wichste fleißig weiter. Die ersten Spritzer waren heftig und verteilten sich im Raum. Dann hielt sie ihre rechte Titte an meinen Penis und kleckste ihn mit meinem Kleber voll. Es war so verdammt geil! Als ich fertig war, wollte sie die Bilder unbedingt sehen.

Wir staunten nicht schlecht. Alexandra wirkte wie eine professionelle Porno-Darstellerin, so gut war ihr Kameraspiel. Zuerst die Strip-, dann die Sex-Fotos. Wir wurden beim Sichten wieder geil, und ich begann, Alexandra untenrum zu streicheln. Als ich auf dem Video kam, kam sie in Reality. Ihre zarte Pussy krampfte sich mächtig zusammen und pulsierte verrückt. Erschöpft kuschelte sie sich in meinen Arm.

„Treib mit den Aufnahmen aber keinen Schabernack", bat sie mich. „Um Gottes Willen, wo denkst Du hin?", beruhigte ich sie. „Die sind nur für mich!" Mit dieser Trophäe und vielen Küssen verabschiedete mich Alexandra, und ich versprach ihr, mich bald mal wieder zu melden. Monate vergingen, bis ich wieder immer intensiver an Alex denken musste. Ich rief sie an, und sie freute sich sehr: „Hey, das ist aber schön, dass Du Dich meldest! Wie geht es Dir?" „Danke, gut", entgegnete ich. „Ich habe die letzten Tage viel an Dich gedacht. Hast Du Lust auf ein Date?" „Klar!", schäumte es aus ihr heraus. „Mit Dir immer!"

Schnell hatten wir einen Nachmittag ausfindig gemacht, der uns beiden passte, und wir verabredeten uns bei ihr zu Hause. Alexandra hatte sich nicht verändert. Ihre langen, blonden Haare, ihre sexy Figur, ihr süßes Lächeln – all das verzauberte mich sofort wieder, als ich sie sah. „Komm rein, Tiger, ich bin schon mächtig heiß auf Dich", begrüßte sie mich und führte mich ins Schlafzimmer. Wild und gleichzeitig zärtlich begannen wir uns zu streicheln und zu küssen.

Schnell waren wir nackt und bereit, den Akt zu vollziehen. „Los, schlaf mit mir", forderte sie mich auf und zog mir ein rotes Noppenkondom über. Da lag sie, jung, sexy und geil auf mich. Ich küsste ihre Klitoris und öffnete ihre Schamlippen. Dann drang ich in sie ein. Laut stöhnend quittierte sie dies und drückte ihre Beine weit auseinander. Ich fing an zu rammeln, und rammelte wie ein Weltmeister.

Über 30 Minuten fickte ich sie in der Missionarsstellung. Immer wieder hielt ich inne und meinen Orgasmus unter Kontrolle, aber als sie kam und ihre Pussy wild pulsierte, konnte ich mich nicht mehr beherrschen und kam ebenso zuckend zu meinem Ending. Erschöpft lagen wir da und führten Smalltalk. Alexandra erzählte mir, dass sie den Arbeitgeber gewechselt und mit Joanna keinen Kontakt mehr habe. „Die hat sich nach Eurer Affäre verändert, sie wurde depressiv und war 2 Monate krankgeschrieben, dann bin ich gegangen. Wie es ihr jetzt geht, weiß ich nicht."

Tja, so etwas passiert halt Frauen, die mich schlecht behandeln. Selber schuld. „Nach Dir hatte ich 3 Typen, aber die waren nichts Besonderes", erzählte sie gelangweilt, dann glänzten ihre Augen: „Umso mehr freute ich mich, als Du wieder anriefst!" Mein Blick fiel auf ihre Möpse: „Die sind größer als letztes Mal, oder?"

„Gut erkannt", grinste sie, „habe ich vergrößern lassen."

„Aber warum denn, die waren wunderschön", stotterte ich. „Ja, aber so sind sie noch schöner!" Ansichtssache, dachte ich und nickte ihr bestätigend zu. Nun fixierte ich ihre süße Muschi. „Was guckst Du so auf meinen Intimbereich?", fragte sie unsicher. „Ich stelle mir vor, wie Deine Muschi ohne Schamhaarstrich aussieht, also clean."

31

„Hm", überlegte Alexandra, „den trimme ich so, seit ich 17 bin." „Noch nie etwas verändert?" „Nein, ich finde es schön." „Glaub mir, eine blitzblanke Muschi würde Dir verdammt gut stehen", lockte ich sie. „Meinst Du?" „Ja, wir können es doch versuchen." Alexandra überlegte. „Na komm schon, die Haare wachsen doch wieder nach. Außerdem bin ich mir sicher, Dir wird es super gefallen. Ich kenne mich da aus. Ich habe Erfahrung mit Pussy."

„Das glaube ich Dir gerne", willigte sie ein. 5 Minuten später hatte ich den Rasierer in der Hand, einen elektrischen. Vorsichtig legte ich los. Der Stromrasierer surrte fleißig und entfernte den Schamhaarstrich auf ihrem Hügel. Alex schaute ganz genau hin. Und ab! Kahl! Die kurzen, blonden Härchen lagen verteilt auf ihrem Venushügel und ich wischte ihr Becken frisch. „So, erledigt! Wie gefällt es Dir?"

Alexandra eilte nervös zum Wandspiegel und begutachtete ihren neuen Körper. „Sieht geil aus", stöhnte sie und streichelte sich über ihre haarfreie Pussy. „Siehst Du, wie ich Dir versprochen habe", lächelte ich und zog sie zu mir aufs Bett, wo wir knutschten. „Als Du mich da unten rasiert hast, wurde ich geil", hauchte mir die hübsche Blondine ins Ohr, „der Rasierer hat ordentlich meinen Kitzler massiert."

Das war eine Aufforderung für mich zu handeln. Schon hatte ich wieder den Rasierer in meiner Hand und befahl ihr, sich zu entspannen. Ich schaltete den Rasierer an, hatte aber Angst um ihre Klitoris, dass sie dabei zerfetzt würde. Ich holte ein dünnes Handtuch und legte es auf ihren Schambereich, dann hielt ich den Rasierer drauf. „Ah!", stöhnte Alex und genoss. Ich staunte. Mit einem elektrischen Rasierer hatte ich es noch nie einer Frau gemacht. Ein Rasierer als Sex Toy. Geil!

Während der Rasierer vibrierte, küsste ich Alexandras neue Titten und leckte ihre Nippel. Als sie kam, zuckte sie wie vom Blitz getroffen. Ihr Becken katapultierte sie einen halben Meter in die Höhe und jaulte den Mondscheinschrei dabei. Völlig elektrisiert nahm sie mich in den Arm: „So einen krassen Orgasmus hatte ich noch nie! Das war noch besser als jeder Vibrator!" „Echt?" Ich begann zu überlegen, wie sich der massierende Rasierer an meinem Dong anfühlen würde.

Denselben Gedanken hatte auch Alex. „Jetzt probieren wir es bei Dir", grinste sie und nahm das Zauberteil in die Hand – den Rasierer, meine ich. In die andere Hand nahm sie meinen Penis. Ohne Handtuch drückte sie den surrenden Rasierer gegen meinen Prügel. Es fühlte sich umwerfend an. 4 Minuten hielt ich dieses bizarre Spiel aus, dann kam ich zu einem wahnsinnigen Höhepunkt. Mein Samen spritzte 1 Meter hoch und landete auf meinem Bauch.

„Wow!", rief Alex aufgeregt und drückte den Massagestab weiter fest gegen meinen Penis. Als es zu Ende war, war auch ich zu Ende, nervlich wie körperlich. „Wahnsinn!", lechzte ich. „Ich fühle mich elektrisiert, ein krasses Gefühl!" Alexandra zog mich in ihren Arm. 1 Stunde später musste ich gehen, doch das nächste Date ließ nicht lange auf sich warten.

3 Tage später ergab sich eine Gelegenheit. Andrea wollte mit mir und John Paul über das Wochenende ihre Cousine in Ulm besuchen, doch ich konnte nicht. „Schatz, ich muss arbeiten, wir haben Produktion", entschuldigte ich mich. „Schon gut, schade", murmelte sie, „dann fahre ich mit John Paul." „Passt", erlaubte ich ihr den Trip und mir ein Wochenende mit Alex.

Freitagnachmittag, Andrea war bereits in Ulm eingetroffen, machte ich mich schick für Alexandra. Ich kam von der Arbeit nach Hause, zog mir mein bestes Hemd an, parfümierte mich und stylte mir die Haare. Auf zu Alex! Ich wollte sie überraschen. Tatsächlich! Ihr Golf stand direkt vor ihrer Wohnung. Ich klingelte und erlebte eine faustdicke Überraschung. Alex öffnete: „Hey, was machst Du denn hier?" „Das kannst Du Dir wohl denken", küsste ich sie.

In diesem Moment bemerkte ich, dass jemand auf dem Sofa saß. „Du hast Besuch?" „Ja, eine gute Freundin von mir ist hier, Bettina, aus Österreich. Ich stelle sie Dir vor." Jetzt gab es kein Zurück mehr. Alexandra schleifte mich ins Wohnzimmer und ich durfte Bekanntschaft mit der hübschen Unbekannten schließen. „Bettina, Hallo!", ertönte es aus einem Mündchen, das mir überaus gefiel. Auch der Rest der jungen Dame war nicht zu verachten. Bettina war 1,65 m groß und mittelschlank. Ich schätzte sie auf 60 kg. Schwarze Haare, nackenlang, frech geschnitten, große Titten und ein verdammt heißer Minirock.

So stand sie da und lächelte mich an. „Ist das ein guter Freund von Dir oder so?", fragte Bettina Alexandra. „So in etwa", grinste Alex und zwinkerte ihr zu. „Ich verstehe, Dein Lover also." Beide kicherten. Nur ich nicht. „Was gibt es da zu gackern?", fragte ich etwas stinkig in die Runde. So hatte ich mir diesen Abend nicht vorgestellt. Alexandra behielt die Ruhe: „Wir haben viel Spaß zusammen, wenn wir uns treffen. Ist alles unverbindlich. Wir verstehen uns gut, der Sex mit ihm ist klasse."

Wie bitte? Muss die blöde Kuh alles über mich ausplaudern? Ich wollte gehen: „Ich komme ein anderes Mal", verabschiedete ich mich und begab mich zur Tür. „Nicht so eilig", hörte ich Bettina durch den Raum hallen. Sekunden später stand sie vor mir: „Wenn Du so locker drauf bist, hättest Du doch sicher nichts gegen Sex zu dritt, oder?" Ich hielt inne. „Wie war das?" „Na, Sex mit uns beiden. Hast Du Bock?"

Ich blickte Alexandra an, die fröhlich lachte. „Na, hat es dem Herrn die Sprache verschlagen?", grinste sie mich an. „Ihr seid ja durchtriebene Weiber", lachte ich mit und ließ mich bekehren. „Komm mit auf die Spielwiese", führte mich Alexandra ins Schlafzimmer, „und leg Dich hin, wir sind gleich bei Dir." Ich gehorchte. Nach 3 Minuten kamen beide Grazien auf mich zu. „Schlachtplan besprochen, jetzt kann es losgehen", flirtete mich Bettina an und ließ ihre Hüllen fallen.

Ihr Körper war schön, etwas gedrungen. Sie war eine Vollfrau. Ausgeprägte Rundungen. Schüchtern war sie nicht. Schnell streifte sie mir meine Klamotten ab und begann, meinen Oberkörper zu küssen. Das gefiel mir. Noch mehr, als sich Alex dazugesellte. Nun küssten 2 Frauen meinen Oberkörper. Geil! Alexandra war die erste, die meinen Penis in die Hand nahm und wichste. Gerne übergab sie das Ruder an Bettina, die es ebenso gut konnte.

Ihre kleine, etwas fette Hand griff fest zu und schob meine Vorhaut schnell und kräftig auf und ab. Ich stöhnte vor mich hin und betrachtete beide Frauen, wie sie mir zu Füßen lagen. Noch wenige Sekunden, dann kommt es. Bettina spürte dies und masturbierte noch schneller, was meinen Orgasmus zur Folge hatte. Als ich kam, stoppte Bettina abrupt und hielt ihn fest, während es herausspritzte.

Das mag ich nicht so, Wichsen ist viel schöner. Gott sei Dank ergriff Alexandra meinen Prödel und wichste weiter. „Und, war es gut?", fragte mich Bettina mit hochgezogenen Augenbrauen. „Ja, war geil, aber nächstes Mal mach es zu Ende, nicht aufhören, wenn ich komme." „Ok", sagte sie kleinlaut und blickte Alexandra an. Die nickte. Anziehen. Essen. Ich erzählte Bettina meine Lebensgeschichte in kurz und dass meine Frau mitsamt Sohnemann gerade weg sind.

Sie verstand und hatte nichts auszusetzen. Brav so. So, nun wollte ich mehr wissen über den Freundschaftsstatus der Frauen ... und erfuhr Brisantes: Bettina und Alex waren mal ein Paar! „Wir waren Anfang 20 und ineinander verliebt", erklärte mir Alexandra. „Ich war schockiert und dachte, ich sei lesbisch. Ein halbes Jahr waren wir zusammen, doch dann kamen neue Männer in unsere Leben und wir trennten uns, sind aber bis heute sehr gute Freundinnen geblieben."

Eine atemberaubende Story. Alex zeigte mir ein Bild von damals. Supersexy! 2 sich küssende Frauen waren zu sehen. „Das sind wir", lächelte Bettina stolz und warf ihrer Ex heiße Blicke zu. „Weißt Du, Frauensex ist geil", erklärte mir Alex, „Bettina war die erste Frau in meinem Leben, aber nicht die letzte." „Das Besondere an Frauensex ist, dass Frauen viel besser lecken können als Männer", grinste Bettina frech.

Noch bevor ich protestieren konnte, tat dies Alexandra: „Da gibt es Ausnahmen. Unser Womanizer kann das verdammt gut." Bettina starrte mich mit großen Augen an: „Wirklich?" „Ja", bestätigte Alex, „der leckt so gut, dass Du Engel singen hörst!" Verzückt stolzierte Bettina auf mich zu, packte mich am Schlafittchen und zog mich zu sich. „Beweise es", forderte sie mich auf, mein Können zu demonstrieren.

„Was bekomme ich dafür?", fragte ich. „Einen Blowjob." Richtige Antwort. Bettina zog sich Rock und Höschen aus und öffnete ihr haariges Paradies. So schön blank wie Alex war sie nicht. Ich begann zu lecken. Alexandra war nun auch geil und knutschte mit Bettina, sodass die kaum Luft bekam. Plötzlich wurde sie unruhig – ich verstand: Ihr Orgasmus war bald hier. Also bog ich auf die Zielgerade und leckte mein bestes Repertoire, da kam sie auch schon.

Heftig zuckend kam sie mir ins Gesicht. Weibliches Ejakulat spritzte mir in Augen, Nase und Mund. Ich musste es sofort ausspucken, sonst hätte ich mich übergeben. Ich ließ von der Spritzerin ab und stürmte ins Badezimmer, wo ich mit Wasser gurgelte und mir Bettinas Schleimsoße aus dem Gesicht wischte. Nach kurzer Pause kam ich zurück zum Blickpunkt des Geschehens und erlebte erneut eine Überraschung: Bettina leckte Alex' Muschi. Es dauerte nicht lange, dann kam diese.

Alexandra zitterte am ganzen Leib und drückte ihr Becken in Bettinas Gesicht. „Ich war so geil, ich konnte nicht auf Dich warten", rechtfertigte Alexandra ihre Sexlust und blickte mich reumütig, aber glücklich an. Bettina guckte mich fragend an: „Wieso bist Du plötzlich weggewesen?" „Weil Du mir voll ins Gesicht gespritzt hast, Du hättest mich warnen können, so etwas erlebt man nicht alle Tage." „Sorry", entschuldigte sich die Maus, „habe ich in der Erregung vergessen."

„Schon gut", antwortete ich trocken. „Hat es Dir gefallen?" „Mann, das war voll geil!", lächelte sie mich befriedigt an. „Du kannst besser lecken als die meisten Frauen!" Als die meisten? Als jede, dachte ich und kam auf mein Lieblingsthema zu sprechen: „Wie war das noch mal mit dem Blowjob?" „Ja, den bekommst Du jetzt", grinste Bettina und legte los. Ich genoss. Meine Hose behielt ich an, sie blies durch den geöffneten Reißverschluss. Bettina blies genauso kräftig wie sie wichste.

„Lass mich auch!", bettelte die wilde Alexa und lutschte nun meinen Zauberstab auf und ab. „Was meinst Du, wie lang ist der?" „Ich würde sagen, 15 cm", antwortete Alexandra ihrer Freundin. Genau richtig! So lang ist er auch. Diese 15 Einheiten verschwanden abwechselnd und abwichselnd in den hungrigen Mündern der Busenfreundinnen.

Ich hatte mein Smartphone dabei und wollte Fotos machen. „Darf ich?", fragte ich Bettina und hielt ihr mein Handy vor die Nase. „Du willst telefonieren?", fragte sie ungläubig. „Nein, fotografieren!", konterte ich. „Wenn es weiter nichts ist", gab sie mir ihr Einverständnis und ich legte los. Alex hatte ohnehin nichts gegen Fotos, ich habe ja schon tolle vor ihr! Die Fotos, die ich schoss, waren geil! Alex sah aus wie ein Engel, zart, schlank und schön.

Bettina wirkte massiver und stabiler, trotzdem strahlte sie viel Erotik aus. Langsam kapierte ich, dass ich dieses Dauergelutsche nicht ewig aushalten konnte, und bat die Ladies, langsamer zu machen. Genüsslich nahmen sie sich alle Zeit der Welt und spielten mit Kamera und Dong. Ich klickte über 40 Mal. Tolle Fotos! Geile Fotos! „Jetzt könnt Ihr Gas geben!", gab ich ihnen den Befehl, das Werk zu vollenden. Bettina ergriff die Initiative und blies mich entscheidend in Richtung Samenerguss. Alexandra wollte auch mitblasen, aber Bettina gab ihn nicht mehr aus dem Mund. Ich kam kräftig und spritzte den Samen in ihr weites Mündchen hinein. Als es ihr zu viel wurde, übergab sie meinen Helden an Alex, die schnell weiterwichste und den restlichen Samen von meinem Glied leckte. „Und, hat es Dir gefallen?", fragte mich Bettina mit heiserer Stimme. „Ja, es war supergeil!", lächelte ich und zog mir den Reißverschluss zu.

Diese doppelte Frauenpower war schön, aber anstrengend. So beschloss ich, lieber alleine zu Hause zu schlafen, als bei diesen beiden Hyänen. Ich verabschiedete mich von Alex und Bettina und ging. Alexandra schrieb ich folgende SMS: „Hey Süße, es war schön mit Euch! Liebe Grüße an Bettina, und bis bald mal wieder. Bussi!"

Der magische Whirlpool

Beate lernte ich am Airport München kennen. Ich war aus Hamburg gelandet und holte meinen Koffer, da erblickte ich eine junge Frau, die aufgeregt nach etwas suchte. „Kann ich Ihnen helfen?", fragte ich. „Ich habe mein Handy verloren", jammerte sie. Sie tat mir leid, also musste ich helfen. Zusammen durchforsteten wir den Gepäckbereich, doch erfolglos. „Vor 20 Minuten habe ich telefoniert, wo kann es nur sein?" „Wahrscheinlich verlegt oder aus der Tasche gefallen."

Dann kam mir die zündende Idee: „Wie ist Ihre Nummer? Ich rufe Sie an, dann werden wir Ihr Handy schon klingeln hören." Die hübsche Unbekannte nannte mir ihre Ziffern und ich tippte ein, dann drückte ich die Ruftaste. Doch ein Klingeln hörten wir nicht, stattdessen meldete sich jemand am anderen Ende: „Hallo!" Ich erklärte der männlichen Stimme, dass dieses Handy verloren gegangen sei und wir es suchten.

„Kein Problem", meldete die andere Seite, „Sie sind bei der Fundstelle. Das Handy ist gerade abgegeben worden. Da haben Sie Glück gehabt." Diese tollen Infos überbrachte ich meiner Begleitung, die mich umarmte und bat, mit ihr das Handy abzuholen. „Vielen Dank!", strahlte sie mich an. „Darf ich Ihnen etwas Gutes tun? Ein Getränk oder ein Essen?"

Wir einigten uns auf einen gemeinsamen Kaffee und machten es uns im Flughafenbistro gemütlich. „Ich bin Beate", stellte sie sich vor und erzählte mir, dass sie in der Werbebranche tätig sei. „Ich bin viel unterwegs, Flughäfen sind mein zweites Zuhause." „Und wo ist ihr erstes?" „Ich wohne in München. Und Sie?" „Ich arbeite dort", antwortete ich. Wir verstanden uns gut.

Beate war eine sehr hübsche Frau: 25, 1,70 m groß, um 55 kg. Sie glich Avril Lavigne aufs Haar. Und die gefällt mir – zumindest optisch. Lange, blonde Haare und funkelnde Augen, elegant-sexy gekleidet und eine gewisse Aura. Nach dem netten Plausch tauschten wir unsere Nummern. Beate fuhr via Taxi nach München, ich nach Erding zu meiner Familie. 2 Tage später klingelte mein Handy: Es war Beate.

„Ich möchte mich noch mal für Ihren heroischen Einsatz bedanken. Darf ich Sie zum Essen einladen?" Diese Einladung konnte ich unter keinen Umständen absagen. Noch am selben Abend saßen wir beim Italiener und ließen uns Pizzen munden. Beate schien Interesse an mir zu haben: „Sagen Sie mal, ist das ok, wenn wir uns duzen? Ich finde das viel schöner." Ich auch. Wenig später: „Ich muss sagen, Du bist echt top gekleidet und sehr gepflegt, das gefällt mir. Sind nicht viele Männer so." Und es ging weiter: „Single oder in festen Händen?" Ich wich der Frage aus und gab sie zurück. „Single", grinste sie. Ohne sie über meinen Beziehungsstatus zu informieren, ergriff ich die Initiative: „Single und geil oder Single und langweilig?" „Single und geil!" Ich wusste nun, sie wollte mich. Ihre Augen loderten und ich spürte ihre Hand auf meinem Oberschenkel.

Sie saß im 90-Grad-Winkel zu mir und begann, mich im Restaurant körperlich zu stimulieren, zwar recht harmlos, aber ziemlich wirksam. Ihre Hand knetete meinen Oberschenkel und fuhr unter Deckung des Tisches langsam hoch Richtung Dong. Wenig später hatte sie ihr Ziel erreicht, sie spürte den Mount Everest. Meine Beule war härter als ein Betonhammer und freute sich über das verbotene Tischspiel. Wir zahlten und gingen.

Beate wohnte luxuriös in Schwabing. Eine 4-Zimmer-Wohnung mit allen Extras inkl. Whirlpool. Sie musste gut verdienen.

Ich hätte den Whirlpool gerne getestet, doch Beate hatte andere Pläne: Sie zog mich ins Schlafzimmer und drückte mich aufs Bett. Während sie auf meinem Oberkörper kniete, zog sie sich Oberteil und BH aus, zum Vorschein kamen wunderschöne, mittelgroße Brüste. Sie beugte sich runter und küsste mich. Zuerst zärtlich, dann gierig. Das gefiel mir. Ich machte fleißig mit und öffnete ihren Rock, während sie sich an meiner Hose zu schaffen machte. 1 Minute später waren wir nackt.

Beate war eine Traumfrau. Ihr Körper war jung, schön und fest, ihre Muschi mit einem feinen, dunkelblonden Schamhaardreieck behaart, ihr Bauch mit Sonne tätowiert, im Nabel steckte ein Piercing. Beate war im Rausch und begann meinen Körper von oben bis unten zu küssen. Ich konnte es kaum erwarten, bis sie an meinem Penis angekommen war, doch sie ließ sich Zeit. Endlich hatte sie ihn im Mund. Hurra!

Beate konnte verdammt gut blasen. Ihre Hand wichste sanft mit. Schon nach wenigen Minuten konnte ich mich nicht mehr zurückhalten und kündigte ihr meinen Orgasmus an. Beate hörte auf, doch es war zu spät. Mein Penis zuckte wild und stieß die erste Samenladung raus. Beate kapierte, griff zu und wichste alles aus mir heraus. „Mann, Du warst aber flott, ich kam gerade erst in Schwung", blickte mich Beate etwas enttäuscht an, „ich hätte so gerne mit Dir geschlafen."

„Kein Problem", beruhigte ich sie, „gib mir 5 Minuten, dann können wir." Sie strahlte. Beate spielte meinen Dong wieder steif und zückte ein Kondom. Das Kondom kam über meinen Penis, und dieser in ihre Scheide. Sie ritt mich gut. „Hammer!", stöhnte sie und bewegte sich wie eine Bauchtänzerin. Nun hatte ich Lust auf Adrenalin. „Lass mich mal!", schob ich sie weg und drückte sie aufs Bett. Sie spreizte ihre Beinchen und ihr behaartes Dreieck wurde größer.

Mitten rein steckte ich ihn und begann sie zu ficken. Beate hatte ihre niedlichen Augen aufgerissen und starrte mich lasziv-geschockt an, während ich vorwärts und rückwärts meine Arbeit verrichtete. Ich knallte sie ordentlich durch, bis sie mich bat, damit aufzuhören, weil es ihr sonst wehtue. Na gut, dann wieder sanfter. Nun wollte sie von hinten genommen werden. Doggy Style war geil. Ihre Pobacken waren mit die schönsten, die ich je berühren durfte. Wie 2 halbe Apfelsinen strahlten sie mir entgegen, rund, zart und anregend.

Hinter dem Bett hing ein Wandspiegel, der mir die Gelegenheit gab, alles mitzuverfolgen. Beate genoss den Sex mit mir sehr. Sie wurde lauter, also nagelte ich wieder fester, um ihr ihren Orgasmus zu verschönern. Sie kam heftig. Dadurch motiviert, ließ ich mich gehen und füllte das Stück Gummi mit Saft. Glücklich verließ ich Beate und versprach ihr, mich bald wieder zu melden.

2 Wochen später hatte ich Zeit und Lust, die hübsche Blondine wiederzusehen. Als sie meine Stimme am Telefon hörte, freute sie sich: „Schön, dass Du anrufst! Ich habe die ganzen Tage darauf gewartet!" Wir verabredeten uns für den frühen Abend bei ihr und ich freute mich schon sehr auf den Sex. Beate erwartete mich im Tanga und ohne BH.

Mir stockte der Atem, als ich sie sah: Ihre Haare hatte sie zum Schwanz zusammengebunden, ihr Körper war eingeölt, ein paar Schamhaare standen seitlich am Tanga hervor. Sie zog mich zu sich rein und führte mich zum Whirlpool. „Hast Du Lust?" „Na klar!", antwortete ich und zog mich aus. Der Whirlpool war genial! Wir lagen zuerst nebeneinander, dann aufeinander. Küssen, Knutschen, Liebkosen, Streicheln.

„Weißt Du was? Manchmal mache ich es mir hier im Whirlpool selbst", grinste mich Beate an. „Die Düsen sind noch geiler als ein Vibrator." „Echt?", staunte ich und fragte sie nach Details. „Zuerst lege ich mich so hin und spreize meine Beine. Hier unten sind die besten Düsen, die müssen genau meinen Kitzler und die Schamlippen treffen. Noch ein bisschen vor ... ja, jetzt! Dann schließe ich meine Augen und genieße.

Dabei streichle ich mit der einen Hand meine Brüste, mit der anderen meine Vagina. Gerne stecke ich mir auch 2 Finger unten rein und ficke mich selbst." Das waren keine leeren Worte, sondern Taten! Sie tat es wirklich! Sie masturbierte vor meinen Augen mit den Düsen des Whirlpools. Wahnsinn! Beate begann immer lauter zu stöhnen und steigerte sich in Ekstase. Nach 5 Minuten war es soweit: Sie musste kommen. Ich tauchte ab und saugte mich unter Wasser an ihrer Pussy fest. Die Düsen schossen mir ins Gesicht, aber das war mir egal. Als sie kam, bebte nicht nur ihre Pussy, sondern das Becken.

Ich bekam kaum Luft, doch blieb angesaugt an ihrer Pussy und wollte ihren extravaganten Orgasmus so nah und so krass wie möglich erleben. Es war eine neue Erfahrung, die mir leider auch eine Menge Wasser im Bauch einbrachte. Trotzdem war es geil. Beate strahlte mich an: „Das war ein Hammerorgasmus! Es fühlte sich voll geil an, die ganzen Düsen, das Wasser, Du mit dem Mund – einfach Hammer!" 5 Minuten relaxen.

„Ich möchte wissen, ob die Düsen auch bei Dir wirken", schoss es plötzlich aus ihr heraus. „Setz Dich mal richtig hin, vielleicht so, ja!", dirigierte sie mich in die möglicherweise richtige Stellung. „Autsch!", zog ich zurück. „Der wilde Strahl zerschießt mir die Hoden!" „Komm ein wenig hier herüber, das müsste besser sein." In der Tat, hier fühlte es sich um einiges schöner an. Ich spürte schnell, wie die Düsen wirkten.

Mein Penis war schon vollsteif und genoss die wässerliche Stimulation. „Das fühlt sich cool an", nickte ich Beate zu und küsste sie nass. Ihre Hand war unter Wasser und streichelte meinen Dong. Sie wichste nicht, sondern streichelte nur. Das fühlte sich in Kombi mit der Düsenmassage himmlisch an. Nach ein paar Minuten war mein Penis so gut massiert, dass er sich dem Orgasmus nahte. Beate ließ sich davon nicht beeindrucken und behielt ihr langsames Streicheltempo bei.

So kam ich zu einem Megaorgasmus! Ich spürte, wie mein Penis Ladung für Ladung in das warme Wasser schoss und wie meine Hoden sich immer wieder zusammenzogen. Beate lächelte glücklich und streichelte mich immer weiter, bis es schon längst vorbei war. Nach diesem Erlebnis ruhten wir uns auf dem Bett aus, wo mir Beate eine unangenehme Frage stellte: „Ich weiß immer noch nicht, ob Du Single oder in einer Beziehung bist. Das hast Du mir nie gesagt."

„Warum ist das so interessant für Dich?" „Ich möchte einfach wissen, mit wem ich es zu tun habe." Ach, was soll's, dachte ich, dann sagst Du ihr halt die Wahrheit: „Ich bin in einer Beziehung." Beate nickte und wirkte nachdenklich. „Ist das ein Problem für Dich?" „Nein", meinte sie, „ich glaube nicht … ich weiß nicht." Irgendetwas war da. Ich musste es wissen. „Sag schon, was ist los."

„Ach, das erinnert mich an meinen Ex, der hat mich ständig betrogen, und als ich es herausbekommen habe, war ich am Boden zerstört. Ich hoffe, Du verletzt Deine Freundin nicht so, wie er mich verletzt hat." Aha, spielt sie jetzt den Moralapostel, oder was? „Aber ich werde versuchen, damit umzugehen", lächelte sie mich verkrampft an. Lust auf Sex hatte ich aber keine mehr an diesem Abend, ich zog mich rasch an und verließ Beate.

Abenteuer in Amerika

Große Show-Produktion in Amerika. Der Flug war lang, die Nacht kurz. Wir (Ich und mein Team) fuhren ins Headquarters, 30 Minuten durch die City. Dort erwarteten uns unsere US-Kolleginnen und -Kollegen. Matt, der Crewchef, war ein Hüne mit Muskeln und Glatze. Er war bereits für einige namhafte TV-Konzepte verantwortlich und freute sich, mich, sein deutsches Pendant, kennenzulernen.

Sein Team umfasste 7 Leute, darunter die niedliche Ella. Ella war die PR-Marketing-Verantwortliche und machte optisch den Eindruck, 21 zu sein. Derweil war sie 28. Sie war klein, 1,60 m, und äußerst schlank, vielleicht 45 kg. Sie wirkte mehr Mädchen als Frau, fast zerbrechlich, doch sexy. Ihre mittellangen, hellbraunen Haare hatte sie zum Pferdeschwanz zusammengebunden, ihre blauen Augen funkelten wie Kristalle.

Doch jetzt war keine Zeit zu flirten. Arbeit stand an. Nach der Jeder-schüttelt-jedem-die-Hand-Vorstellung und einer Führung durch die Räumlichkeiten setzten wir uns an den Mastertisch und starteten die Planung. Matt war ein Könner, er hatte alles gut vorbereitet. Schnell wurden Teams gebildet, die mit der Projektarbeit starteten.

Ella und Kameramann Jack waren in meinem Team. Wir erarbeiteten die Grundlagen und kamen bestens voran. So verging der Tag im Flug. Um 18 Uhr Meeting am Round Table. Alle Teams waren fleißig gewesen und hatten ihr Tagesziel geschafft. Bravo! „There´s the best Italian restaurant around the corner", schlug Matt vor, gemeinsam den Abend zu zelebrieren. Zu Zwölft nahmen wir am größten Tisch Platz und quatschten uns die Zungen wund, bis das Essen kam.

Ella hatte sich neben mich gesetzt und ich erfuhr einiges über sie: Sie hatte ihr Studium mit Bestnote abgeschlossen und sich innerhalb von 4 Jahren einen exzellenten Ruf in der Branche erarbeitet. Ihre Eltern sind ein Polizist und eine Hausfrau, sie hat 2 jüngere Schwestern und 1 älteren Bruder. Und keinen Freund, da sie dazu die Zeit nicht habe wegen des Jobs, meinte sie. Nun war ich dran, mehr über mich preiszugeben.

Sie durchlöcherte mich mit Fragen, die ich ihr ehrlich beantwortete. Meine Frau und Kinder zu verleugnen, das tue ich nicht. Ich zeigte ihr Fotos von meinen Schätzen. „Sweet", nickte sie. Als zufällig noch 2 Kollegen von Matt reinschneiten und sich zu uns gesellten, wurde es eng. Wir rutschten zusammen und ich hatte nun nach links und rechts engen Oberschenkelkontakt. Rechts mein Kollege Jim war mir egal, aber links die süße Ella, das war mir wichtig. Sie zog nicht weg, im Gegenteil, ich hatte das Gefühl, sie drückte gegen und suchte meine Nähe. Schön.

Meine Pasta Quattro 4 war der Hammer. Nach ein paar Absackern war es schon kurz vor 12, wir entschieden uns schlafen zu gehen, um am nächsten Morgen fit zu sein. Ich drückte Ella ein Küsschen auf die Wangen und merkte, da ist etwas Besonderes zwischen uns. Der nächste Arbeitstag war lang und hart, aber auch fortschrittlich und konstruktiv. Wieder hatten alle Teams ihre Pläne abgearbeitet, erneut ging es am Abend zum Italiener.

Im Laufe des Tages hatte sich der Blickkontakt zwischen Ella und mir intensiviert, die Funken flogen. Wieder saß sie neben mir und suchte Körperkontakt. Als Matt einen jugendfreien Witz zum Besten gab, lachten wir und applaudierten ihm:

→ *An der CIA-Schule stehen 3 Agenten vor dem Abschlusstest. Der Ausbilder sagt zum ersten: „Im nächsten Raum befindet sich Deine Freundin. Hier hast Du eine Pistole. Du hast 30 Sekunden, um sie umzubringen!" Nach 30 Sekunden kommt der Mann mit seiner Freundin aus dem Raum, gibt dem Instruktor die Pistole, und sagt: „Tut mir leid, kann ich nicht!"*

Als der Zweite an der Reihe ist, sagt der Ausbilder: „Im nächsten Raum befindet sich Deine Verlobte. Hier hast Du eine Pistole. Du hast 30 Sekunden, um sie umzubringen!" Nach 30 Sekunden kommt der Mann mit seiner Verlobten aus dem Raum, gibt dem Instruktor die Pistole, und sagt: „Sorry, das kann ich nicht!"

Zum Dritten sagt der Ausbilder: „Im nächsten Raum befindet sich Deine Frau, mit der Du schon 10 Jahre verheiratet bist. Hier hast Du eine Pistole. Du hast 30 Sekunden, um sie umzubringen!" Der Mann geht in den Raum. Nach 5 Sekunden ertönt ein fürchterlicher Lärm.

Und nach 20 Sekunden steht der Mann wieder vor der Tür und sagt zum Ausbilder: „Irgendein Idiot hat Platzpatronen in die Pistole gegeben. Ich habe sie mit dem Sessel erschlagen." Als sich der Applaus legte und alle ihre Hände wieder ablegten, lag Ellas Hand auf meinem Oberschenkel. Ich blickte sie an, sie strahlte. Ein niedlicher Trick, um mir näherzukommen. Während der große Matt weitere Witze rausposaunte, landete Ellas Hand immer wieder auf meinem wartenden Oberschenkel, den sie zwischendurch knetete. Um 22 Uhr meinte ich: „Ich bin müde, ich gehe jetzt", doch die anderen wollten noch bleiben. Ich zahlte, flüsterte Ella beim Küsschen etwas ins Ohr, verabschiedete mich von allen und ging vor die Tür.

5 Minuten später war Ella bei mir. Braves Ding. „Ich habe denen auch gesagt, dass ich müde bin und schlafen muss", lächelte sie mich an. „Und, wie soll es weitergehen?", schaute sie mich mit ihren kristallinen Augen an. „Was hältst Du von einem Spaziergang?" „Hältst du 3 km durch, dann wären wir bei mir zu Hause." Ich grinste und setzte meine Füße in Bewegung. Schon nach 50 m lag ihre Hand in meiner. Um die 1-km-Marke der erste Kuss. Zärtlich und süß war der. Ich musste mich bücken, um zu der Kleinen runterzukommen.

Immer schnelleren Schrittes marschierten wir, bis wir ihr Zuhause erreichten. Eine exklusive 4-Zimmer-Wohnung erwartete mich. Die PR-Künstlerin hatte Geschmack. Ein hochwertig eingerichtetes Wohnzimmer, ein luxuriöses Badezimmer, eine Allroundküche, ein typisches Arbeitszimmer und ein sensationelles Schlafzimmer, das meine Wünsche erfüllte: Wasserbett, Spiegelwand, Kuschellicht, Musikanlage. Hier fühlte ich mich wohl! Die kleine Maus drückte mich aufs Bett und meinte, sie sei in 5 Minuten bei mir.

Ich zog mir Mantel und Sakko aus, ebenso Schuhe und Hose. Und kuschelte mich aufs Bett. Ich hörte im Badezimmer spülen, rasieren, waschen, frisch machen. Dann öffnete sich die Tür und Ella stolzierte oben ohne auf mich zu. Mein Mund öffnete sich wie die Brooklyn Bridge, ich konnte diesen zierlichen Frauenkörper kaum fassen. Das klein wenig Stoff bedeckte ihre Ritze. Ein Büschel dunkler Schamhaare konnte ich durch das Höschen erkennen.

Sie kroch zu mir und legte sich auf mich. Ich spürte sie kaum, bei ihrem Fliegengewicht. Die Küsse schmeckten gut und ihre Zunge erkundete meine Zähne, jeden einzeln. Ich streichelte ihre Hüfte und wanderte zu ihren Brüsten, die wie eine Eins standen. Auch ihre Hände waren aktiv, unter meinem Hemd und in meiner Unterhose. Als sie meinen Dong berührte, hörte ich die Himmelglocken erklingen. Während meine Hand nun in ihr Höschen glitt und ich ihren Schamhügel kennenlernte, streichelte sie meinen Penis.

Er befand sich in meiner Unterhose und wollte raus, doch dazu kam es nicht, denn schon rollte mein Orgasmus an und ich ejakulierte voll in meine U-Hose. Ella störte das wenig, denn sie küsste weiter, schluckte meine Stöhner und streichelte genauso weiter wie bisher, ganz langsam, aber megaintensiv. Wann war ich das letzte Mal in meinen Slip gekommen? Vor 20 Jahren? Als Jugendlicher.

Ella hatte mich so zärtlich, und doch mit genug Druck unten berührt und gestreichelt, dass ich nicht anders konnte. Immer noch strich Ella auf und ab, während ich ausatmete und zusah, wie sie mir die Unterhose auszog und sich ihre Hände abwischte. „Das letzte Mal, dass mir einer in der Unterhose gekommen ist, ist 10 Jahre her", stellte Ella in den Raum. „Bei mir ist es 20 Jahre her", legte ich nach. „Du hast magische Hände", küsste sie zur Belohnung auf den Mund.

Sie ergriff meine Hand, schob sie in ihr nasses Höschen und meinte: „Hast auch Du magische Hände?" „Ja, aber noch besser: Ich habe auch eine magische Zunge", protzte ich und verschaffte mir Zugang zu ihrem Paradiso. Ein kleines, dunkles Schamhaarbüschel war das i-Tüpfelchen über ihren Schamlippen, die geleckt werden wollten. Mit meiner Spezialtechnik à la Katja verwöhnte ich sie, bis sie schon nach wenigen Minuten mir ihren Orgasmus ins Gesicht drückte.

Die Zarte schüttelte sich kräftig und sackte dann wie eine taube Nuss zusammen. Erst als wir kuschelten, fiel mir die gigantische Spiegelwand ein, die uns live und in living colour zeigte. Das törnte mich an. Ich streichelte Ella schnell wieder in Laune, diesmal in Ficklaune. Aus ihrer Schublade zauberte sie ein Kondom und einen Silikonpenisring mit Vibrator obenauf.

Sie streichelte meinen Dude, bis er ready war. Dann zog sie mir das Kondom über und befestigte den Silikonring an meinem Penis. Sie kniete sich hin, also nahm ich sie von hinten. Vorsichtig schob ich meinen Dick in ihre Muschi. In ihr war er wirklich ein Dick, im wahrsten Sinne des Wortes. Er füllte ihren Tunnel komplett aus. Der Druck auf meiner Salami war enorm, ich wusste, lange konnte ich das nicht aushalten. Langsam fickte ich sie von hinten und genoss den Anblick im Spiegel. Auch sie hatte ihre Kristallaugen aufgerissen und beobachtete unser Treiben. „Schneller", forderte sie mich auf.

„Aber dann komme ich bald", gestand ich. „Egal, dann komm, aber so ist es geil", stöhnte sie laut weiter. Ich erfüllte ihr den Traum und nahm sie nun schneller und fester. Keine 2 Minuten konnte ich dieses Tempo gehen, ohne mit der Konsequenz belohnt zu werden: meinem Orgasmus. Der vibrierende Penisring tat sein Übrigens: Er, die Ella und das Spiegelbild schenkten mir einen Hammerorgasmus.

Gleichzeitig bebte auch die Kleine groß. Auch sie kam zu einem überragenden Orgasmus. So schön es mit ihr war, musste ich doch in mein Hotelzimmer, da ich Andrea versprochen hatte, mich zu melden. Ich dankte Ella für den Abend und versprach ihr, das zu wiederholen. Dann fuhr ich per Taxi ins Hotel und schlief nach einem Skype mit Andrea glücklich ein. Während wir die nächsten Tage fleißig weiterarbeiteten, gehörten die Abende und Nächte Ella-Schatz.

Das erste, was wir taten, war Liebe. Besser gesagt: Sex. Denn lieben tue ich meine Andrea. Der Sex mit Ella war innig und vertraut geworden, sie wusste genau, wie ich es wollte, und besorgte es mir mit unfassbar guten Blowjobs und Ritten. Gleichzeitig durfte ich sie in jeder Stellung vögeln. Jeden Morgen ein Blowjob zum Wachwerden.

Von Tag zu Tag erlebte die Maus mehr Orgasmen. „Ich weiß nicht, wie Du das machst", lobte sie mich, „denn normalerweise kann ich nur einmal, höchstens zweimal hintereinander kommen. Aber so oft wie bei Dir, ist neu für mich", grinste sie. Eines Tages fiel mir ein, dass ich ja meine Zweitausführung des Womanizers mit hatte. Als Überraschung für Ella nahm ich ihn eines Morgens mit zur Arbeit und dann abends mit zu ihr.

Als wir uns geduscht hatten und auf dem Bett landeten, fragte ich sie, ob sie den Womanizer kennt. „Den Womanizer? Dich? Ja, ich kenne ihn", zwinkerte sie. Ich schüttelte den Kopf und erklärte ihr, dass ich ein Sex Toy meinte. Sie griff zur Schublade und holte einen Klitoris-Rabbit hervor: „Das ist das einzige Toy, das ich habe." Ich freute mich, weil ich wusste, dass ich davor stand, der Maus eine neue Orgasmusdimension zu offenbaren. „Voila", zauberte ich den Womanizer Pro hervor. Ella staunte und fragte, wie der funktioniere. „Über Schwingungen und Schallwellen", erklärte ich ihr das Meisterwerk. „Und das funktioniert?" „Du wirst Augen machen", versprach ich ihr und befahl ihr, sich hinzulegen und ihre Beine ein wenig zu öffnen. Während ich mich in ihren Arm kuschelte, steuerte ich den Womanizer über ihre Scham.

Ich drückte aufs Knöpfchen und hielt ihr den saugenden Pro vorsichtig über ihre Klitoris. „Ah", atmete sie tief ein und noch tiefer aus. „Das ist gut", lallte sie und startete ihre Reise. Schnell fand ich die richtige Stelle und streichelte mit meiner anderen Hand die Innenseite ihrer Oberschenkel. „Das ist besser als mein Hase", stöhnte sie und drückte ihre immer größer werdende Klitoris in die Öffnung des Gerätes hinein. Das wirkte. Auch Stufe 2 wirkte. „Ich halte das nicht länger aus, ich muss kommen", informierte sie mich nach 3 Minuten Action und brüllte einen lauten Orgasmus heraus.

So heftig war sie noch nie gekommen in all den Tagen. Ich war stolz, sie glücklich. „Unfassbar, was das Ding kann", hechelte sie und betrachtete den Womanizer genau. Sie drückte auf On und hielt ihn sich selbst hin. „Möchte sehen, wie das funktioniert", schelmte sie. Sofort war sie in Stimmung und begann zu stöhnen.

Doch Stufe 1 reichte ihr nicht. Gnadenlos schaltete sie durch sofort auf Maximum. Stufe 8 besorgte es ihr in 2 Minuten. Polternd kam sie zu einem heftigen Höhepunkt und presste sich den Womanizer in die Scheide hinein. Ihre dunklen Schamhaare sträubten sich elektrisiert und kamen auch. Ella war fasziniert vom Apparat, doch nach 2 weiteren Highlights war ich an der Reihe. Genüsslich leckte sie mir meine Eier und schenkte mir einen Blowjob, den ich im Spiegel bewunderte.

Mein Höhepunkt war für mich unsichtbar, denn sie schluckte mein Sperma, als wäre es Wasser. Nach kurzer Nacht weckte sie mich morgens mit einem kondomisierten Ritt. Klein, jung und eng war ihre Pussy, was mir einen sehr pulsierenden Orgasmus schenkte. Danach hatte sie 4 Womanizer-Orgasmen. Diesmal durfte ich das Gerät halten. Sie kam zweimal auf dem Rücken liegend, einmal bäuchlings, einmal seitlich.

Ich muss dem Erfinder des Womanizers von ganzem Herzen gratulieren: Junge, das ist das beste Gerät, das je fürs Bett entwickelt wurde! Hut ab. Chapeau! Der Womanizer wurde – neben mir – zu Ellas bestem Freund. Eines Abends konnte sie nicht genug bekommen und kam zehnmal. Wahnsinn! Und das innerhalb von 30 Minuten. Die Rides, Blowjobs und Handjobs von ihr waren fantastisch, wir fühlten uns eng verbunden und genossen die Zeit, die uns davonlief.

Auch die geselligen, lustigen Abende neigten sich dem Ende. Matt war der geborene Entertainer, hier noch 4 seiner besten Jokes, mit denen er uns zu seinen Fans machte:

→ *Oma Mielke ist auf der Flucht vor einem Triebtäter. Kopflos rennt sie in die falsche Richtung und gerät in eine Sackgasse. Im Hinterhof holt sie der Täter ein. Oma Mielke erinnert sich an die psychologische Schulung in ihrer Frauengruppe und sagt: „Lassen Sie's gut sein, ich habe meine Tage." „Na gut", knurrt der Mann, „dann hol mir einen runter!" Die Oma lässt verwirrt die Augen über die Häuserfront schweifen: „Aber ich kenne hier doch keinen."*

→ *2 Bürodamen unterhalten sich über das Wochenende, wann sie mit ihren Männern Sex hatten und wie aufregend das war. Als der Chef das mitbekommt, ermahnt er beide. Also denken sich die Damen ein neues Wort für Sex aus: „Lachen". Wieder montags. Die Eine erzählt: „Am Wochenende habe ich mit meinen Mann zusammen gelacht, das glaubst Du gar nicht. Das war aufregend!" Darauf die Andere: „Du hast es gut, bei mir war es nicht so toll. Am Freitag wollte er lachen, aber ich nicht. Am Samstag habe ich mich schön angezogen und alles romantisch eingerichtet, da wollte er nicht. Als ich am Sonntag zufällig ins Schlafzimmer kam, stand der alberne Kerl doch da und lachte sich ins Fäustchen."*

→ *Ein Mann geht mit seiner 4-jährigen Tochter an den FKK-Strand. Plötzlich fragt die Tochter: „Papa, was ist das bei Dir da unten?" „Das ist meine Ente. Darunter sind Enteneier, drum herum das Nest." Nach dieser Klarstellung legt sich der Vater schlafen. Nach 2 Stunden wacht der Vater mit Schmerzen auf und schaut entsetzt nach unten. „Kind, was hast Du gemacht?" „Ich habe mit Deinem Entchen gespielt, dann ist es groß geworden und hat mich angespuckt. Dann habe ich dem Entchen den Hals umgedreht, die Eier zertreten und das Nest angezündet."*

→ *2 Frauen golfen. Die Eine schlägt ab: kräftig und weit – mitten in eine Gruppe Golfer. Ein Mann greift sich sofort zwischen die Beine und kippt wie ein gefällter Baum um. Die Frauen eilen hinzu, um zu helfen. Der arme Kerl wälzt sich am Boden, die Hände zwischen seinen Beinen. Die Schlägerin kniet sich hin und sagt zum Verletzten: „Ich bin Masseuse, vielleicht kann ich Ihnen helfen und Ihr Leid lindern." Er lehnt ab. Sie fühlt sich schuldig und schiebt mit sanfter Gewalt seine Hände zu Seite, öffnet seine Hose und fängt an, ihn im Genitalbereich zu massieren. Sein Gesichtsausdruck zeigt, dass es ihm schon besser geht. Auf ihre Frage, wie sein Befinden nun sei, antwortet er: „Da unten fühle ich mich großartig, aber mein Daumen tut immer noch höllisch weh."*

Oh Mann, der Matt ist echt ein Freak. Solche Witze ohne Ende hatte er parat. Er kannte keine Gnade mit uns. Die hatte ich abends auch nicht mit Ella: Ihre Pussy musste kommen, immer und immer wieder. Das hat das Spiel mit dem Wom Pro halt so auf sich. Das Projekt wurde erfolgreich abgeschlossen, eine weitere Zusammenarbeit vereinbart. Ich verabschiedete mit von Ella und Matt. Danke für die tolle Zeit!

Die Große und die Kleine

Vorträge und Schulungen sind wichtige Teile meines Arbeitslebens geworden. Als namhafter TV-Produzent weiß ich so allerlei. Dieses Wissen gehört weitergegeben. Einen Workshop gab ich an der Filmakademie Babelsberg. Hören waren Studentinnen und Studenten, die denselben Berufswunsch hatten, wie ich ihn verwirklicht habe.

Babelsberg ist nicht nur der größte Stadtteil Potsdams, sondern Synonym für die gigantische Medienstadt Babelsberg, in dem sich das Studio Babelsberg, der Filmpark Babelsberg, die Studios des Rundfunks Berlin-Brandenburg, die Filmuni Babelsberg, das Babelsberger Filmgymnasium, die UFA sowie weitere Unternehmen der Medienbranche befinden. Ich hielt meinen Workshop von Freitag bis Sonntag. Als Starproduzent wurde ich von allen Seiten gehuldigt.

In der Klasse waren 12 Herren und 14 Damen. Sie hatten das goldene Los gezogen. Schon wenige Minuten nach dem Start fiel mir eine Blondine auf, die mir süße Augen machte. Sie saß in der ersten Reihe und starrte mich lächelnd an. Ich konzentrierte mich und arbeitete professionell. Ihre langen, blonden Haare hatte sie zu einem sehenswerten Geflecht zusammengesteckt, was frech und gleichzeitig erfrischend wirkte.

Ihre Augen waren groß und blau, ihre Hände klein und zart. Sie war nicht größer als 1,60 m, wog etwa 45 kg. Ein Schmetterling. In der Pause quatschte sie mich an: „Toll machen Sie das! Ich kann so viel von Ihnen lernen." Ich sah mehr von ihr: Sie hatte einen kurzen Rock an, ihre Schenkel waren mädchenhaft, dünn, trotzdem sexy weiblich. Brüste hatte sie kleine, passend zu ihrer schlanken Linie.

Wir fachsimpelten und schnell merkte ich ihr Interesse. Aber andere Studentinnen und Studenten drängten sich dazwischen, auch Olga: Sie war größer als ich, etwa 1,86 m, sehr schlank, circa 62 kg. Ihre dunklen Haare trug sie offen, sie hingen ihr bis zum Po, der in einer hautengen Jeans steckte. Ihre Hände waren größer als meine, mit langen, dünnen Fingern, die schwarz lackierte Nägel trugen. Ihr Mund war göttlich:

Ein Blasemund vom Feinsten! Auch sie flirtete mich gut an und zwinkerte mir zu. Mittags aß der Kurs zusammen in der Kantine. Lecker war´s! Und die Begleitung erst: Juliette saß rechts von mir, Olga links von mir. Beide nahmen mich ins Visier und fußelten mit mir. Olga legte sogar ihre Hand kurz auf meinem Oberschenkel ab. Juliette ging noch weiter: Ihre Hand landete fast in meinem Schritt. Eines war klar: Beide wollten mich! Und ich wollte beide!

Weiterarbeiten. 17:30 Uhr war der Kurstag geschafft. Leider gingen Olga und Juliette als eine der ersten, was mich verwunderte. Normalerweise bleiben solche Frauen bis zum Schluss, um dann unter 4 Augen alles klar zu machen. Hatte ich mich geirrt? Bei den klaren Anmachen unmöglich. Dafür wartete Martha, doch die gefiel mir nicht, zu dick war sie. Plötzlich kam Patrizia zurück, weil sie etwas „vergessen" hatte, aber auch die war nicht mein Fall. Zwar hatte sie einen guten Körper, aber der Rest war nicht meiner.

Dann gehe ich lieber ins Bordell, dachte ich mir, und ging. Ins Hotel, unter die Dusche. Als ich fertig war, hörte ich mein iPhone piepsen. 2 WhatsApp. Eine von Andrea. Ich rief sie an und küsste sie und meine Kinder durchs Telefon. Nun, bei Nachricht 2, wurde es spannend: „Hallo Traummann, hier ist Juliette aus Deinem Workshop. Hast Du Lust auf einen gemeinsamen Abend plus mehr? Ich schon!" Und wie ich Lust hatte! Ich schrieb zurück:

„Hi! Schön, dass Du mir schreibst. Ich gehe gleich Abendessen beim Italiener in der Potsdamer Straße 33. Kannst gerne dazukommen!" Ich kleidete mich schick und fuhr zum Restaurant, das ich durch meine früheren Schulungen kannte. Ich trat ein und setzte mich. 5 Minuten später sah ich durchs Fenster Juliette. Aber nicht nur sie, auch Olga war zugegen.

Zuerst sprachen die beiden kurz normal miteinander, dann wurde es laut und beide geiften sich an. Sah ulkig aus, die Kleine gegen die Große. Ein Catfight lag in der Luft. Ich musste schlichten. „Mädels, was ist los? Was ist in Euch gefahren?", fragte ich. Keine Antwort von links. Keine Antwort von rechts. Ich bohrte nach. Schließlich bekam ich die Lösung: Es ging um mich.

Juliette war meiner Einladung gefolgt. Olga hatte mir „aufge-
lauert", war mir nachgefahren und wollte mir im Restaurant nä-
herkommen. Ja, die Tricks der Frauen halt. Nun stritten sich
beide um mich, um den Platz an meinem Tisch. Ich löste die Situation elegant und nahm einfach beide rein. Am Tisch kamen
alle zur Ruhe. Nachdem wir vom leckeren Wein gekostet und
unsere Essen bestellt hatten, meinte ich:
„Nun, Mädels, lasst uns Klartext sprechen. Ich bin jemand, der mag es straight. Ihr seid beide hier wegen mir. Ihr
beide habt mir schöne Augen gemacht, den ganzen Tag lang.
Nun wollt Ihr mehr. Richtig? „Ja", nickten beide. „Und ich soll
mich für eine entscheiden, oder?" „Ja", nickten beide synchron.
Ich schaute Juliette an, die mich anlächelte. Ich schaute Olga
an, die mich anlächelte. „Ich kann mich zwischen Euch beiden
Schönheiten nicht entscheiden", gab ich bekannt.

Dies sorgte für Unruhe. Beide bedrängten mich und
wollten den Zuschlag. Schließlich kam mir die Idee: „Ich kann
mich gegen keine von Euch entscheiden." „Und wie soll es jetzt
weitergehen?", fragte Olga. „Entweder vergessen wir das Gespräch. Oder wir regeln das so, dass wir alle was vom Kuchen
bekommen." „Und wie?", fragte Juliette. Meine vorgetragene
Option 1 wurde von Olga abgelehnt.

Option 1 war: Die erste Nacht verbringe ich mit Juliette,
die zweite mit Olga. Olga wollte nicht als Zweite dran sein, da
fühle sie sich unwohl, sagte sie. Meine Option 2 wurde von Juliette abgelehnt. Option 2 war: Die erste Nacht verbringe ich
mit Olga, die zweite mit Juliette. Juliette wollte auch nicht als
Zweite dran sein. „Tja, dann gibt es nur noch Option 3", grinste
ich: „Wir marschieren gemeinsam hier raus und verbringen die
Nacht zu dritt." Stillschweigen.

Olga schaute mich an, dann Juliette, dann wieder mich.
Juliette schaute Olga an, dann mich, dann wieder Olga. Ich
schaute Juliette an, dann Olga, dann wieder Juliette, dann Olga.
„Das ist die fairste Lösung", unterstrich ich. Olga schaute mich
an, dann Juliette, dann wieder mich. Juliette schaute Olga an,
dann mich, dann Olga. Ich schaute Juliette an, dann Olga, dann
wieder Juliette, dann Olga. Olga nahm Juliette an der Hand und
zog sie hoch, beide verschwanden nach draußen.

Böse Pleite, dachte ich, die servieren mich einfach ab. Doch ich irrte mich: Juliette und Olga tauschten ihre Gedanken vor dem Restaurant aus, ich konnte sie durch die Scheibe erkennen. Sie diskutierten 5 Minuten, dann kamen sie zurück. „Gut, so machen wir es, Option 3", nickte Olga. „Einverstanden", grinste Juliette. „Cool", seufzte ich. Doch da kamen unsere Pizzen: Salami, Hawaii und Chef. Lecker waren die! Ich zahlte den Scheiß und wir fuhren zu meinem Hotel. Nach meiner Toilette verschwanden Olga und Juliette im Badezimmer.

10 Minuten dauerte es, bis sich die Tür öffnete und beide in Unterwäsche auf mich zu stolzierten. Sah schon ulkig aus: Die Kleine und die Lange. Die Kleine hatte weiße Unterwäsche an, einen Push-up-BH, einen dazugehörigen String mit durchsichtiger Front. Die Lange trug schwarze Sachen: BH, Slip und Strapse, geil! Ihre Beine sahen aus wie die Stämme eines hohen Baumes.

Ich lümmelte oben ohne in meiner Boxershorts auf dem Bett und nahm beide Hasen mit offenen Armen auf. Juliette war die erste, die mich küsste. Sie küsste sehr, sehr gut. Auch Olga konnte das. Sie küsste sich dazwischen und spielte mit ihrer Zunge an meiner. 4 Hände spürte ich an meinem Oberkörper, dann in meiner Hose. Schnell war meine Hose Vergangenheit und mein Knüppel aus dem Sack. Ich öffnete beide BHs und betrachte beide Tittenpaare. Beide waren klein und sportlich, aber wunderschön. Genau so mag ich sie!

Ich knetete und küsste sie. Das gefiel ihnen. Ich blickte nach unten und sah 2 Hände an meinem Dick: Eine kleine und eine große. Die große Hand, Olgas, umgriff den unteren Teil meines Schafts, die kleine Hand, Juliettes, den oberen Teil. Von meinem Penis war nichts mehr zu sehen. Er war weg. Nun wollte ich alles sehen und zog beiden ihre Höschen aus.

Juliette trug blank, Olga einen dünnen Schamhaarstrich, Brazilian style. Beim Essen hatte ich das Alter beider erfahren: Juliette war 24, Olga 23. Juliettes Muschi sah deutlich jünger aus, sehr jugendlich, wie 18. Olgas war weiblicher. Beide musste ich lecken! Ich legte beide Ladies vor mich und züngelte an Juliette herum. Die genoss. Wir hatten genügend Zeit, also verwöhnte ich sie nach Strich und Faden, mit Händen und Mund.

Juliette stöhnte gut. Als ich aufblickte, sah ich etwas Geiles: Die Beiden küssten sich. Sie knutschten! In der Hitze des Gefechtes kann sowas passieren. Da werden aus den schärfsten Rivalinnen beste Freundinnen. Kurz darauf kam Juliette zum kochenden Orgasmus. Diese Frau war mir gleich noch einen Lick wert. Ich steigerte Intensität und Geschwindigkeit meiner Stimulis und brachte Juliette 2 weitere Male ins Paradies. „Jetzt ist aber gut, jetzt will ich", protestierte Olga und zog mich an den Haaren zu sich rüber. Es war mir eine Ehre.

Olgas Scham war Hammer: Nach Orange-Rose schmeckend, züngelte ich ihre fast viereckige Klitoris ins Land der zufriedenen großen Frauen. Während ich sie leckte, griff mir Juliette von hinten zwischen die Beine und knetete meine Säcke. Olga stöhnte leidenschaftlich und kam zu 2 Orgasmen. Nun war ich an der Reihe: Blowjob time! Kleiner Mund und großer Mund sowie kleine Hand und große Hand machten sich an die Arbeit.

Ich stand da wie eine römisch-griechische Statue, und beide Puppen knieten mir zu Füßen. Großer Mund war besser als kleiner Mund, aber kleine Hand war besser als große Hand. Damn! Ich wurde geil befriedigt, bis ich ihn kommen spürte: meinen ersten Orgasmus! Dieser verschwand im kleinen Mund. Juliette lutschte mich leer bis auf den letzten Tropfen, den sie hinunterschluckte. Luderhaft öffnete sie ihren Mund und streckte mir ihre Zunge heraus, was in Pornokreisen keine Beleidigung darstellt, sondern beweist, dass sie alles geschluckt hat.

Glücklich nahm ich kurzen Körper und langen Körper in den Arm und kuschelte mit Olga und Juliette. 2 Traumfrauen waren das! Wir sprachen über Sex und erfuhren, dass Olga keine Ahnung vom Womanizer Pro hatte. Juliette war entsetzt über diesen Wissensmangel ihrer ehemaligen Konkurrentin, jetzt Busenfreundin, und kramte in ihrer Handtasche.

Zum Vorschein kam ein pinker Wom Pro in der Reise-Edition als maskierter Lippenstift. Diese Ausführung kannte selbst ich nicht. „Darf ich?", fragte Juliette die Olga mit einem Grinsen im Gesicht. Die nickte und schaute zu, wie Juliette das Gerät mit der Öffnung an ihre Klitoris hielt und anschaltete. Ich kenne die Wirkung des Womanizers zu gut.

Meine Andrea liebt dieses Teil. Der beschert Frauen heftigste Orgasmen am laufenden Band. Eine Maschine ist das. Ein Teufelskerl. Olga zitterte, als der Womanizer zu wirken begann. Sie schloss ihre Augen und genoss. Juliette saß zwischen Olgas Beinen und hatte Spaß daran, einer anderen Frau einen Höhepunkt abzuluxen. So gut, wie sie es machte, war es wohl nicht ihr erstes Mal. Olga wurde immer erregter und erlebte nach 4 Minuten ihr heftiges Kommen. Der Womanizer arbeitete zwar auf niedrigster Stufe, doch die reichte locker aus.

Als Olga ausschnaufte, kannte Juliette keine Gnade und stellte die Saugstärke um eine Einheit hoch. Weiter ging′s! Ich hatte einen Steifen und hielt ihn Olga ins Maul. Die lutschte und wichste seitlich meinen Schwanz, während sie weitere Orgasmen erlebte. Ihr vierter Höhepunkt war ein Besonderer, denn gleichzeitig kam ich in ihr Gesicht.

Olga ließ sich besamen und feierte parallel ihr High. Schweißgebadet lächelte sie uns an, küsste mich, küsste Juliette, und bedankte sich für dieses „tolle Erlebnis". Der Lippenstift-Womanizer war noch on und bereit für mehr. „Wer mag?", hielt Juliette uns das Ding vor die Nase und spreizte ihre Beine. Eine Einladung auf mehr. Olga schnappte zu und hielt der kahlen Pussy das Ding genau auf den Stecknadelkopf. Juliette atmete laut. Ich kuschelte mich an sie an und küsste sie.

Zungenknutschend kam Juliette zu 3 Orgasmen, die sie mir in den Mund hineinstöhnte. Olga war erbarmungslos gewesen und hatte den Lippenstift längst auf volle Power gestellt. Juliette lag erschöpft in meinen Armen und schnaufte aus. Das sündige Treiben war noch nicht zu Ende, denn auch Olga wollte die volle Power genießen und legte selbst Hand an. Ich übernahm und bearbeitete ihre Clit mit dem genialsten technischen Gerät des 21. Jahrhunderts. Nach 2 weiteren Orgasmen hatten alle genug und wir schliefen dankbar ein. Samstag war zuerst Unterrichtstag, dann Fickabend.

Diesmal wollten mich beide Schönheiten spüren. Zuerst war Olga dran. Sie wollte auf mir reiten. Ihre langen Beine stemmten sich vom Boden ab, umso tiefer sauste ihr Becken hinab und verwöhnte meinen Dick. Einmal Kommen in Olga, einmal in Juliette, das war mein Plan.

Und wie immer, setzte ich meinen Plan 1:1 um. Der Fick in Olga war geil, da sie eng und saftig war. Ihr Reitrhythmus war perfekt für meinen Dong. Derweil saß Juliette über meinem Gesicht und ließ sich von mir lecken. Diese Schönheit von unten zu sehen und zu züngeln, war mega. Olga kam. Juliette kam. Ich kam. Erste Runde beendet. Nach einer Pause folgte der Juliette-Fick. Die kleine Blonde wollte als Hund genommen werden. Ich spielte Big Dog und nagelte ihren sexy Hintern rot. Mein Penis musste sich ordentlich anstrengen, in ihre noch engere Muschi überhaupt hineinzukommen. Umso geiler war der Fick, leider auch umso kürzer, da ich dem engen Druck nicht standhalten konnte. Olga war natürlich auch beteiligt; sie kniete hinter mir und drückte ihren Oberkörper fest an mich. Juliette kam. Ich kam. Zweite Runde beendet. Wir schliefen ein.

Am nächsten Morgen bettelten die Ladies noch um eine Abschieds-Sex-Runde, bevor es zur gemeinsamen Arbeit ging. Zuerst leckte ich Juliette zu 2 Highlights, dann Olga zu 3. Dann sollte mein Orgasmus folgen. Ich stellte mich hin wie George und ließ die Mädels knien. Von oben beobachtete ich das Treiben. Olgas große Hand um meinen Penis sah so groß aus, ihre schwarz lackierten Fingernägel wirkten teuflisch.

Mein 15 cm Schwanz in Juliettes kleinem Mund war fast schon Körperverletzung. So ging es hin und her, bis ich das Ende des Tunnels sah. Ich signalisierte Olga und Juliette meine Bereitschaft und Fähigkeit zu Kommen und ließ Olga den Abschuss erzielen. Ihre nassen Lippen machten gute Arbeit und ich ejakulierte in ihren Mund. Auch Juliette wollte etwas abbekommen und nahm die Spritzer 5-10 in sich auf. Ich dankte beiden für das geile Wochenende, und nach dem langen Unterrichtstag flog ich zurück nach München zu meiner Family.

Erfahrung zahlt sich aus

Die dreifache MILF Charlotte war die Assistentin der Gechäftsführung ihres Mannes Reiner, einem meiner Geschäftspartner. Reiner und ich lernten uns vor 2,5 Jahren kennen und schätzen. Er war ebenso erfolgreich wie ich und Inhaber einer legendären TV-Produktionsfirma in Frankfurt am Main. Wir passten gut zusammen, da wir uns optimal ergänzten. Ich konnte mit meinen Schwerpunkten bei ihm punkten, er mit seinen bei mir. Gemeinsam ist man bekanntlich stärker, also taten wir uns zusammen für das eine oder andere TV-Projekt. Als ich mal wieder in Frankfurt war, lud er mich zu sich nach Hause ein. Ich wurde empfangen von 3 sehr wohl erzogenen Kindern und einer äußerst attraktiven Ehefrau: Charlotte. Dass ich mit dieser Charlotte mal poppen würde, hätte ich mir damals nicht zu träumen gewagt.

Charlotte war normalgroß und normalschlank. Hatte ein sehr schönes Gesicht, gelockte, lange, dunkelblonde Haare, eine Bombenausstrahlung, sah aus wie Sheri Moon Zombie. Überaus freundlich führte sie mich in das riesige Wohnzimmer, wo Reiner auf mich wartete. Der Abend war ein schöner. Wir unterhielten uns prima, und als die Kinder in ihren Zimmern verschwanden, wurde der Wein ausgeschenkt. Um 1 Uhr früh fuhr mich Reiner ins Nachbarhotel, ich schlief gut.

Charlotte ging mir nicht aus dem Kopf, vor allem, als Reiner krank wurde und seinen Trip zu mir nach München absagte. Stattdessen schickte er seine Ehefrau und Assistentin. Das war auch wichtig, denn wir hatten uns vertraglich verpflichtet, dieses Projekt in Kürze erfolgreich abzuschließen. So briefte Reiner Charlotte exakt und ließ seine Frau die Arbeit machen, während er auf Heilung wartend im Bett blieb.

Ich holte Charlotte vom Airport München ab und fuhr mit ihr zum Nobelitaliener nach Riem. Dort aßen wir göttlich. Charlotte war hübsch angezogen, im sexy Businessstil. Sie hatte sich schick für mich gemacht und flirtete mit mir. Würde da mehr gehen? Ich testete es aus und fragte sie nach ihrer Ehe. Sie meinte:

„Alles gut, Reiner und ich lieben uns, funktionieren gut zusammen, aber sexuell ist schon lange nicht mehr viel los. Na, zum Glück gibt's ja den Womanizer." Sie lachte. Ich mit. „Ja, den hat meine Frau auch, ist ein super Teil." „Und bei Euch? Wie läuft es?" „Gut", antwortete ich. „Andrea und ich sind glücklich miteinander, nach all den Jahren. Der Sex ist immer noch heiß." „Freut mich für Dich", kicherte sie. „Aber Du hast doch sicher viele Angebote von anderen Frauen." „Ja, da ist schon einiges dabei", nickte ich. „Und?", fragte sie. „Naja, ein paar nehme ich schon mit, bleibt aber unter uns." „Klar", schmachtete sie mich an. Der Abend wurde reizvoll. Charlotte machte mir mit klaren Gesten und Anmerkungen deutlich, dass sie Lust auf ein sexuelles Abenteuer mit mir hatte.

Als wir fertig waren und ich zahlte, fuhr ich sie 5 Minuten rüber in ihr Hotel. „Kommst Du noch rein?", fragte sie mich geil. „Geht heute nicht, meine Frau erwartet mich. Aber morgen, wenn Du dann noch magst." Sie nickte, drückte mich und checkte ein. Ich fuhr nach Hause und fickte meine Andrea als Charlotte. Den nächsten Abend hatte ich so geplant, dass wir ein Zeitfenster von 1,5 Stunden für uns hatten. Charlotte war darüber sehr erfreut. Nach erfolgreicher Arbeit beschlossen wir, das Geschäftsessen auf das Notwendigste abzukürzen. Schnell ab ins Hotel!

Wir eilten hoch in Charlottes Suite, dann begann der Traum. Charlotte küsste mich und zog mich aus, dann sich. Die Triple-MILF strippte für mich, als ob sie kinderlos sei. Ihr Körper war schön und jung geblieben, schlank und rein. Ihre Brüste groß und sinnlich, ihre Muschi geschmückt mit einem Irokesen. Sexy Lady! Als sie meinen Dong befreite, wusste ich, dass etwas sehr Schönes passieren würde.

Sie nahm ihn in ihren gierigen Mund und begann ihn zu lutschen. Ich lag da und genoss. Charlotte blies sehr intensiv. Mit Deepthroat! Mein kompletter Schwanz verschwand in ihrer Kehle. Ohne Hand arbeitete sie. Vorwärts, rückwärts. Tiefer und tiefer. Solange, bis ich ihr meinen heiligen Saft schenkte. Sie würgte ein wenig, denn meine Ladungen sind nicht wenig. Aber Charlotte erledigte ihren Job erstklassig, und ja, sie schluckte alles.

Diese Glanzleistung musste belohnt werden, doch oral befriedigen durfte ich sie nicht: „Ich mag das grundsätzlich nicht, fick mich lieber." Komische Frau, dachte ich, die Mundarbeit des Womanizers würde ihr gut gefallen. Aber Ficken ist natürlich auch nicht zu verachten. „Gib mir 20 Minuten, dann bin ich bereit", sagte ich. 15 Minuten später: Als Spiralen-Trägerin verzichteten wir auf das Kondom und ich nahm sie von hinten. Doggy Style führte ich meinen Schwanz in ihre weite Pussy ein und startete mit meinen Stößen. Charlotte genoss es, sie feierte Ostern und Nikolaus zusammen. „Ja, geil, weiter so, wunderschön, Wahnsinn!", stöhnte sie und machte mir mit ihren Komplimenten Freude. Dann legte sie sich auf den Bauch und ich machte Doggy etwas tiefer. Im Liegen. Auch prima. Ich pumpte und spürte meinen Samen kommen. Er kam schneller als ich dachte.

Eigentlich wollte ich in ihren Mund spritzen, aber schon ergoss sich mein Samen in ihrer Scheide. Auch geil. „Jetzt mag ich erlöst werden", lechzte sie und holte aus der Schublade ihren gold-schwarzen Womanizer Pro hervor. „Hier", drückte sie ihn mir in die Hand, „Du weißt ja, wie man damit umgeht." Yes, Madam, I know! Ich hielt ihr die Öffnung über die Clit und startete das Gerät. Dann drückte ich es an und ließ es pulsieren. Stufe 1, Stufe 2, Stufe 3. „Schalte weiter rauf, ich mag die höchste Stufe", keuchte sie.

Und während ich ihren Befehl ausführte, kam sie schon zum ersten Mal. „Ah, Oh, Uh", atmete sie tief und zuckte unter Pulsationsstrom. Nun war ich am Limit angelangt, das Teil arbeitete volle Pulle. Andrea bevorzugt normalerweise die mittleren Intensitätsstufen, manchmal die niedrigen, manchmal auch höher. Aber Charlotte brauchte es sehr hart. 1 Minute später stöhnte sie erneut ab und vibrierte zu ihrem zweiten Höhepunkt.

Sie drückte meine Hand kräftiger an ihr Becken, der Saugknopf war fast verschwunden zwischen ihren Lips. Der dritte und vierte Orgasmus! Wie gesagt: Der Erfinder des Womanizers ist für mich der größte Womanizer, der Womanizer-Gott schlechthin! Nach einem Fünften schaltete Charlotte das Teil ab und schmiss sich unter die Decke. Ich schmiss mich hinterher.

„Wenn das der Reiner wüsste", schmunzelte sie. „Dann würde er uns umbringen", vermutete ich. „Ja, würde er wohl." „Bleibt fest unter uns, versprochen?" „Versprochen!" Ich duschte mich frisch, zog mich an und düste heim. Next day: Während der Arbeit hatte mir Charlotte zugeflüstert, was sie sich am Abend wünschte. Zuerst würde sie mir einen blasen. Dann wolle sie mich reiten. Am Schluss ihre Orgasmus-Serie per Womanizer erleben. So wurde es geplant, doch es kam anders. „Süße, darf ich Dich bitte doch mal oral verwöhnen. Ich verspreche Dir, Du wirst es genießen." MILF Charlotte lehnte ab. Doch meine Überredungskünste zeigten Wirkung: „Ich bin ein Meister der Zunge. Ich schenke Dir damit genauso viele Orgasmen wie Dein Womanizer." „Gut, Du darfst Deinen Mund mit einsetzen, wenn Du es mir mit dem Pro machst." „Deal."

Also starteten wir mit ihrer Befriedigung. Ich setzte den Womanizer an und küsste ihren Venushügel runter bis zum Aufsatz. Sie kam schon nach wenigen Minuten. Als sie fast durchdrehte, schob ich den Womanizer etwas beiseite und leckte sie über den point of no return zu ihrem kraftvollen Kommen. So leckte ich sie aus, bis ich wieder das Pro-Gerät zur Hilfe nahm. Diese Kombination gefiel Charlotte genauso gut wie meiner Andrea. Die liebt auch die Mischung aus guter Zungen-, Finger- und Womanizer-Arbeit.

Also weiter. Jetzt züngelte und saugte ich mehr mit dem Mund. Charlotte ließ es zu und merkte, wie wahr meine Worte waren. Sie polterte dank meines Mundes und des Womanizers zu 3 weiteren Orgasmen. Sie wollte eine Pause, doch die gab es nicht. Jetzt zeige ich es der, dachte ich, und präsentierte ihr meine legendäre Katja-Lecktechnik. Diese sorgte für den krönenden Abschluss und den heftigsten Schüttler ihres Körpers.

„Unfassbar gut, wie Du das machst", flüsterte mir Charlotte glücklich zu, „Du hast es echt drauf." Ich strahlte und hatte mich wieder erfolgreich als Frauenheld in Szene gesetzt. „Für das belohne ich Dich", lächelte sie und kroch hinter mich. Von hinten griff sie mir zwischen die Beine und kraulte meine Eier. Geil! Dann griff sie weiter durch und streichelte meine Lanze. Ihre großen Brüste drückten sich in meinen Rücken hinein, sie küsste meinen Hals, ich spürte ihren Atem.

Ganz langsam masturbierte sie meinen Dong. In doppelter Zeitlupe. Es ging ihr nicht um schnelles Abwichsen wie bei so mancher käuflichen Erotikmassage, sondern um pure Sinnlichkeit, Leidenschaft und den damit verbundenen Aufbau meines Höhepunktes. Charlotte umfasste meinen Penis mit einem perfekten Hammergriff und schob meine Vorhaut vor und zurück, zurück und vor, vor und zurück, bis ich kam.

Als ich kam, machte sie so weiter, im selben langsamen Tempo – vor und zurück, zurück und vor, vor und zurück. Viel Sperma kam aus mir heraus, sie staunte. Leider war meine Zeit alle und ich musste weg. Stichwort Andrea und meine Kids. Die Zeit rannte Charlotte und mir davon. Wir hatten nur noch 2 Abende zur Verfügung mit jeweils 1,5 Stunden. Mehr war nicht drin. An Abend 1 fickten wir. Zuerst ich sie als Missionar, bis ich kam. Dann sie mich als Reiterin, bis ich kam.

Ich leckte, saugte und womanizerte ihr danach 4 Orgasmen. Abend 2 endete in einem Blowjob. Zuvor hatte ich sie – diesmal ohne Womanizer – zu 3 Orgasmen gezüngelt und geleckt. Dann durfte ich in ihren Mund kommen, mit Deepthroat. Charlotte kehrte zu Reiner und ihren Kids zurück. Ich sah und sehe sie noch bei unseren Co-Produktionen, doch solange Reiner dabei ist, ergibt sich für uns leider keine Chance auf Sex.

Die beste Freundin meiner Gattin

Nicki lernte ich über meine Frau Andrea kennen. Sie war ihre neue Arbeitskollegin geworden und wurde zu ihrer neuen besten Freundin. Nicki war verheiratet und Mutter von 2 Kindern: Hannah (8) und Peter (6). Andrea und Nicki verstanden sich prima, so kam es, dass wir an einem Sonntag bei uns grillten. Alle zusammen: Ich, Andrea, unsere Kinder John Paul und Anna Lina, Nicki, ihr Mann Martin (41), ihre Kinder Hannah und Peter. Die Kids hatten viel Spaß zusammen, wir Erwachsenen ebenso. Martin war Inhaber eines Autohauses und fuhr Porsche. Nicki war Mutter, gleichzeitig seine rechte Hand im Unternehmen. Ich mochte Nicki viel lieber als den netten, aber etwas arroganten, schnöselhaften Lackaffen Martin. Die 33-jährige Nicki war eine sehr attraktive Frau.

Sie trieb viel Sport, ernährte sich gesund, pflegte ihre Haut, saunierte regenmäßig. Ihre Eltern lebten im Haus nebenan und konnten sich viel um Hannah und Peter kümmern. Optisch war sie eine Eins. Eher klein, 1,63 m, schöne Figur mit 49 kg, gemachte Titten, lange, braunblonde Haare, himmelblaue Kontaktlinsen, die ihre Augen schön betonten. Ihr Mund war der perfekte Kuss- und Blowjob-Mund. Ach, wie ich Martin an diesem Tag beneidete.

Nicki mochte mich vom ersten Moment an sehr und wir konnten uns gut unterhalten. Diese familiär-freundschaftlich-gemeinschaftliche Treffen wiederholten sich, mal bei uns, mal bei ihnen. Nicki und Martin wohnten luxuriös. Beide hatten Geld. Viel Geld! Ich war beeindruckt und beschloss, noch härter zu arbeiten. Sie hatten im Keller einen eigenen Swimming-Pool, mit Sauna.

Eines Freitagabends waren wir wieder eingeladen und hatten viel Spaß und gutes Essen. Hannah und Peter schliefen die Nacht nebenan bei Nickis Eltern. Unsere beiden Kids ebenso. Es sollte bei uns ein feuchtfröhlicher Abend werden. Der wurde es auch! Nach ein paar guten Weinen und Absackern war die Stimmung hoch. Das Gekicher steigerte sich, nun war alles witzig. Plötzlich kam Nicki auf die Idee:

„Los, lasst uns nach unten gehen, eine Runde plantschen." Wir folgten Nicki, die sich vor unseren Augen bis auf ihre Unterwäsche auszog und ins Wasser sprang. Martin folgte. Beide spritzten uns an: „Kommt schon rein, das Wasser frisst Euch nicht." Andrea und ich schauten uns an, zogen uns gleichzeitig ebenso bis auf unsere Unterwäsche aus und hopsten hinein. Das Wasser war genau richtig temperiert. Wir plantschten wie kleine Kinder. Irgendwann wurde uns aber dann etwas kalt und wir baten um flauschige Handtücher. „Ach, die Sauna wird uns alle schön aufwärmen", schlug Nicki vor, stieg aus dem Becken und lief zur Blockhütte. „Ich wärme kurz an, dann können wir rein. 4 Personen haben da drin Platz." 5 Minuten später gab sie das Zeichen. Und was für eines: Nicki zog sich vor unseren Augen ihren nassen BH aus, dann ihren Tanga. Splitterfasernackt stolzierte sie in die Sauna hinein.

Martin folgte seiner Frau. Sein Penis war ein Winzling, lag vielleicht am kalten Wasser. „Kommt schon!", rief Nicki uns zu. Andrea und ich kamen. Wir entledigten uns unserer erkältungsförderlichen Klamotten und waren dankbar, als es schön warm wurde. „Ah, tut das gut", stöhnte ich und setzte mich neben Nicki. Andrea außen. Als wir weiter witzelten und uns dabei natürlich auch ansahen, sah ich genauer hin:

Nicki hatte einen wunderschönen Körper. Ähnlich dem meiner Gattin Andrea. 4 Kinder hatten die beiden auf natürlichem Weg zur Welt gebracht, doch Gebrauchsspuren waren an ihren Körpern nicht zu erkennen. Genial! Nicki hatte deutlich gemachte Titten. Sie standen unnatürlich, waren aber dennoch schön und berührungsinteressant. Ihr Bauchnabel war von einem Tattoo-Stern umzackt. Ihre Muschi trug elegant Irokese.

Der Millionär Martin hatte in der Tat einen armseligen Stümmel. Selbst in der heißen Sauna wurde er nicht größer. Dafür war er an einigen Körperstellen tätowiert. Hätte ich dem Schnösel gar nicht zugetraut. Für 4 Personen war die Sauna etwas eng, so saßen wir auch eng zusammen. Dabei berührten Nickis und mein Körper sich. So eine hübsche Frau neben mir nackt zu haben, ist etwas Tolles, aber auch etwas Gefährliches. Ich spürte, wie bei mir langsam aber sicher eine deutlich sichtbar werdende Erektion entstand.

Ich rettete den Moment, indem ich rechtzeitig aus der Sauna ging und nackt ins Wasser sprang. Ah, die Abkühlung tat gut! Andrea folgte. Martin folgte. Nicki folgte. Nun plantschten wir nackt. Dabei kam es zu dem einen oder anderem unbeabsichtigten oder beabsichtigten Körperkontakt. Als Andrea am hinteren Beckenrand mit Martin tauchte und Unterwasserspiele spielte, wer länger die Luft anhalten könne, drückte sich Nicki von hinten fest an mich und umklammerte mich, mit dem Versuch, mich unter Wasser zu drücken.

Ich konterte und tauchte sie. Spielerisch kämpften wir ein wenig. Andrea und Martin waren mit ihrer Tauchwette beschäftigt. Kein Problem also. Dann packte ich Nicki von hinten und hielt sie fest. Mein halbsteifer Penis drückte fest von hinten an ihren Po. „Rrrrr", hauchte sie, „der fühlt sich aber gut an", in mein Ohr. Ich musste stark aufpassen wegen Andrea und Martin, aber die waren ganz bei sich und tauchten immer wieder gleichzeitig ab, um einen Sieger zu ermitteln.

Und wieder drückte ich mich von hinten eng an Nicki. Diesmal griff sie mit ihrer Hand hinter ihren Rücken und an meinen Penis. „Fühlt sich geil an, den möchte ich haben", kokettierte sie mir leise ins Ohr. Ich musste mich sowas von beherrschen. „Hör auf damit, ich muss meinen Steifen schnell loswerden, das dürfen die beiden nicht bemerken.

Wir sprechen über die Sache unter 4 Augen, okay? Wir finden einen Weg." Nicki nickte glücklich, juchzte und tauchte rüber zu ihrem ahnungslosen, schniedelkurzen Mann. Die Nacht schliefen Andrea und ich im Gästezimmer. Am Samstag kamen alle 4 Kids zum Frühstück zu uns und wir fuhren mittags wieder zu uns. Mir war klar: Nicki wollte mich. Und ich wollte sie. Dank moderner Technik rief ich sie am Arbeitsmontag an. Ich wusste, dass sie diesen Montag einige Erledigungen in München-Stadt machte.

Nicki ging ran und freute sich sehr. „Danke nochmal für den tollen Abend bei Euch", sagte ich und wartete ab. „Ja, fand ich auch", antwortete sie. „Du, hast Du das im Pool ernst gemeint oder warst Du einfach ein wenig betrunken?" „Ich war ein wenig betrunken", gab Nicki kleinlaut zu. „Aber ich habe es auch ernst gemeint."

„Pass auf, Nägel mit Köpfen: Wenn Du heute ein Zeitfenster zwischen 15:00 und 17:00 Uhr einrichten kannst, können wir uns in einem Hotel treffen. Ich organisiere das." „Wow, Du hast Dir ja schon richtig Gedanken gemacht", lachte sie. „Was ist, hast Du Lust?", schoss ich nach. „Ja, nenne mir die Adresse, ich werde dort sein und auf Dich warten." Treffer! Ich buchte ein diskretes Stundenhotel, das ich kannte, und gab ihr die Koordinaten durch.

Ich verkürzte meinen Arbeitstag entsprechend und erwartete Nicki überpünktlich am Eingang des Etablissements. Die Schönheit kam nicht ganz so pünktlich, die paar Minuten Verspätung konnte ich gut weglachen. Wir checkten ein und schlossen die Tür. Wie eine Hyäne ging sie auf mich los. Sie wollte mich! So richtig! Ich musste aufpassen, dass Nicki mein Hemd nicht zerriss. Sie knutschte geil und intensiv.

Mit Kaugummi-Geschmack. Pfefferminze. Schnell hatte ich ihre baren Titten in der Hand und hupte aufgeregt hin und her. Meine Hose fiel. Bevor ich bis 3 zählen konnte, kniete sie vor mir und steckte sich meinen Schwanz in den Mund. Ich schaute mal an die Decke, dann nach unten. Ich genoss. Nicki war eine perfekte Frau: heiß, rattenscharf, willig. Sie lutschte wie Porno an meinem Dick und blickte immer wieder nach oben, in die Kamera, die nicht da war.

Ich hatte keine andere Chance, als bereits nach 5 Minuten zu ejakulieren. Das wollte sie genau so: mich zügig zu einem heftigen Orgasmus begleiten. Gut gemacht, Mädel! So kam ich in ihren Mund. Sie schluckte und wichste auf ihre Brüste aus. „Das wollte ich seit dem Moment tut, als ich Dich sah", grinste sie mich teuflisch an. Ich trug die Prinzessin aufs Bett, wischte sie mit einem Handtuch von mir sauber und begann nun meinerseits das Verwöhnprogramm.

Ich küsste sie, dann ihre Brüste. Sie liebte mein Nippelspiel mit Zunge. Je tiefer ich küsste, desto lauter atmete Nicki. Als ich auf ihrem Landeplatz landete, startete sie. Ich verwöhnte sie oral enorm, sodass sie in Rekordzeit ihren Orgasmus spürte. Dann noch einen, denn ich machte einfach weiter. Auch ein Dritter durfte antanzen. „Oh Mann, wie ich Andrea beneide", keuchte sie.

„Die hat Glück, einen so sexuell erfahrenen Mann zu haben, der weiß, was Frauen wollen und brauchen." Das war nichts Neues für mich. „Wäre Martin auch nur halb so begabt sexuell wie Du, wäre ich eine rundum glückliche Frau." Ich verstand sie nicht falsch: Sie hatte ein tolles Leben, aber im Bett war Martin nur billiger Durchschnitt. Kann halt nicht jeder ein Womanizer sein! Nach kurzer Pause deutete ich auf die Uhr und meinte: „Also, wenn wir noch ficken wollen, wäre jetzt die richtige Zeit dafür." Preisfrage: Wollte sie? Preisantwort: Ja, Nicki wollte! Sie hatte entsprechend geplant, so wie ich. So kam es, dass 2 Kondome neben dem Bett lagen. Meines war extradünn, ihres extradünn mit dicken Noppen. Die Wahl fiel: Wir nahmen ihres. Nachdem sie mich steif gestreichelt und ich sie in Stimmung geküsst hatte, drang ich in sie ein. Als Tier. Von hinten.

Doggy ist ohnehin einer meiner Lieblingspositionen, da spüre ich die weiblichen Muschis sagenhaft intensiv. Ich fickte das Luder in dieser Stellung nach Strich und auch Faden, bis ich kam. Ich kam in ihr. Dabei knetete ich ihren hübschen Po durch und ließ erst von ihr ab, als ich alle war. Erschöpft aber glücklich nahm ich sie in den Arm. „Das müssen wir wiederholen, Du Hengst", lächelte sie und küsste mich auf den Mund. „Yes", war meine kurze, aber klare Antwort.

Viele Termine machten eine Wiederholung aber nicht ganz so einfach. Am Folgewochenende waren wir wieder bei Nicki und Martin geladen. Es war ein schöner, feuchtfröhlicher Abend. Wieder landeten wir nach viel Alkoholkonsum nackt im Pool und trieben unsere kindischen Spielchen, während unsere Kinder bei Nickis Eltern nebenan schliefen. Andrea und Martin tauchten wieder um die Wette. Diese Chance nutzten Nicki und ich, um miteinander Kämpfen zu spielen. Wir tauchten uns unter dem Vorwand gegenseitig unter, sodass wir uns berühren konnten. Aber mehr ging nicht.

Die Saunagänge waren schön warm, der Pool cool und erfrischend. Der gute Dienstag bot Nicki und mir wieder ein illegales Zeitfenster. Erneut 15:00 bis 17:00 Uhr im selben Stundenhotel, das ich organisierte. Nicki erwartete mich in einem rattenscharfen Kleid und mit schwarz lackierten Fingernägeln. Ich liebe schwarz lackierte Fingernägel!

5 Minuten später waren wir im Room und nackt. „Leg Dich hin", führte sie mich aufs Bett. Dort bekam ich einen astreinen Blowjob mit Handjob. Das Zimmer hatte einen großen Wandspiegel, der mir das Zusehen dieses geilen Treibens aus mehreren Perspektiven ermöglichte. Das Luder hatte ihre Haare geschnitten, ihr Irokese war verschwunden. Eine blanke Muschi funkelte mich an. Ich funkelte mit. Nickis Blowjob war wieder fantastisch:

Mit viel Zunge und feuchten Lippen liebkoste sie mein Glied. „Gib mir Bescheid, wenn Du merkst, dass Du kommst", flüsterte sie mir zu. Bevor das Erdbeben kam, wurde ich unruhig. Schnell bedeckte sie meinen Dong mit einem Kondom und hockte sich auf mich in Reiterposition. Ein paar ganz langsame Auf-und-Ab-Bewegungen, dann explodierte ich. Nicki ritt ganz langsam weiter, mein Orgasmus war dadurch krass intensiv.

Sie strahlte mich dabei an und beobachtete mein glückliches Leid. Ihr wisst schon, dass manche Menschen beim Orgasmus komische Gesichter ziehen. Ich gehöre da nicht dazu. Aber diesmal muss ich schon enorm gekrampft haben, denn sie meinte, ich sah aus, als hätte ich ein Alien gesehen. Als Dankeschön für dieses Erlebnis durfte nun sie das Alien sehen. Ich drehte das Szenario um und spielte Muff diving. Kopf in Pussy. Zunge an Kitzler.

Meine Leck-Arbeit war gewohnt gut, sodass die Maus nach ein paar Minuten kam. Und weiter ging´s, aber mit einer Überraschung: Ich hatte den Womanizer im Gepäck! Das einzigartige Sex-Spielzeug für die Frau. Mit 100-prozentiger Orgasmus-Garantie. Andrea liebt den Womanizer sehr. Für solche Fälle habe ich immer einen zweiten im Office, im abgeschlossenen Tresor mit dem Code A0901S.

„Kennst Du den?", fragte ich Nicki. Die machte große Augen: „Ist der das wirklich? Der legendäre Womanizer?" „Ja", nickte ich und hielt ihn ihr vor die Nase. Sie wollte zupacken, doch ich zog zurück. „Nein, ich bediene das Knöpfchen. Du entspannst und genießt." Sie folgte meinem Befehl und wartete neugierig auf den ersten Kontakt. Nicki zuckte, als der Womanizer auf Stufe 1 ihre Clit zum ersten Mal traf. Schnell hatte ich den richtigen Punkt gefunden und ließ ihn pulsieren.

„Oh Mann, das tut gut. Ah. Ist das geil!", stöhnte meine Affäre und hatte ihren Augen verkrampft geschlossen. Ich hielt ihr das Ding bewegungslos auf ihre spitze Stecknadel, bis sie kommen musste. Heftig zuckte sie wie ein Zitteraal und sit-upte dabei. Bei Andrea bewirkt der Womanizer stets wahre Wunder, ein solches wollte ich auch Nicki schenken. Sie sollte multipel kommen. Nach 30 Sekunden Absetzen folgte wieder Ansetzen. Diesmal auf Stufe 2. Nicki knurrte noch leidenschaftlicher und kam nach 90 Sekunden erneut. Einer geht noch. Stufe 4. Die schöne MILF-Pussy konnte auch mit dieser Reizüberflutung gut umgehen und schrie kurz darauf ihre Lust hinaus. Als ich fertig war, zuckte sie noch immer. „Oh Mann, das Teil ist Hammer", stöhnte sie. „Apropos Hammer", unterbrach ich sie geschickt und deutete auf meinen.

„Der möchte jetzt nageln." Mit Gummi gab ich Gummi. Diesmal als Missionar und über ihr. Die Kleine wirkte unter mir irgendwie verloren. Das törnte mich gleichzeitig so an, dass ich diesen Fick sehr genoss. Ich bombardierte sie ordentlich. Nach 15 Minuten Geficke riss ich meinen Schwanz aus ihrer Möse, riss mir den Schutz runter und ließ sie gute Handarbeit machen. So spritzte ich ihre Titten voll. Ihr Finish war bilderbuchreif:

Mit dem perfekten Grip wichste sie mich über den point of no return und bescherte mir zahlreiche Ladungen des puren Glücks. Dann mussten wir leider gehen. So ging das einige Wochen mit uns. Nicki und ich trafen uns so oft es ging, um Sex miteinander zu haben. Doch Nicki wollte mehr: „Du, ich habe mich in Dich verliebt", gestand sie. „Süße, das ist keine so gute Idee", erklärte ich ihr. „Du bist verheiratet, ich bin verheiratet. Wir haben Kinder und Partner. Das war so nicht geplant."

„War es auch nicht, ist aber jetzt so", versuchte sie ihr Glück. Doch ich blieb knüppelhart: „Das musst Du Dir schnell aus dem Kopf schlagen. Ich liebe meine Frau und werde sie nicht verlassen. Das mit uns ist eine Affäre, mehr nicht." Das zeigte Wirkung. Dieses Sex-Date war unser letztes. Nicki zog sich mehr und mehr von uns zurück. So kam es, dass sich der Kontakt ausschlich. Andrea fand eine neue beste Freundin, Heike. Die war nett und ist bis heute oft bei uns, aber sexuell interessiert die mich nicht. Nicht mein Typ.

Ein Spaß zu dritt

Ich hatte was Geiles am Start mit Cornelia, einer hübschen, 25-jährigen Polizistin aus Freising. Sie wiederum hatte was doch ziemlich Festes mit Georg und Leonie, einem sexuell sehr offen eingestellten Paar, mit dem sie eng befreundet war. Geile Dreier waren es, so erzählte Cornelia mir. Ich fand's spannend. Eines Abends unterbreitete mir Cornelia einen echt krassen Vorschlag: „Ich habe Georg und Leonie von Dir erzählt. Wenn Du Lust hast, könnten wir mal einen Vierer machen."

Ich überlegte. Sex mit Leonie, 24, so geil, wie sie auf dem Bild aussah, das Cornelia mir zeigte, interessierte mich sehr. Aber Sex mit dem glatzköpfigen Georg, 32, nicht die Bohne. Ich bin doch nicht schwul! Das sagte ich Cornelia auch so, aber natürlich nicht so offensiv. Ich fragte sie nach einer anderen Lösung: Ein Dreier mit ihr und Leonie. Dafür wäre ich sehr offen.

Cornelia meinte, sie müsse sich das überlegen und mit Leonie und Georg absprechen. 4 Tage später meinte sie dann: „Also, geht klar. War aber alles ein bisschen schwierig. Leonie war mit einem Dreier einverstanden. Georg war dagegen. Wir tun es also hinter Georgs Rücken. Wenn Du immer noch möchtest." „Klar, ich bin dabei, wenn Ihr das so für Euch verantworten könnt." „Können wir, sind ja keine kleinen Mädchen mehr", grinste Cornelia.

Wir vereinbarten den kommenden Donnerstagabend für unser Sex-Date. Ich freute mich wie Wolle und Bolle zusammen. Als ich Leonie sah, wusste ich, ich hatte die richtige Wahl getroffen. Die Süße sah optisch aus wie die Larissa M. aus dem Dschungel: groß, blond, schlank und versaut. Live noch hübscher als auf dem Foto.

Nach einem netten Kennenlerngespräch zu dritt wurde es heiß: Leonie und Cornelia standen auf, nahmen mich eine links und eine rechts an die Hand und führten mich auf ihre Spielwiese. „Ist das Dein erster Dreier?", fragte mich Leonie mit hochgezogener Augenbraue. „Oh nein, bei weitem nicht", womanizerte ich.

„Umso besser, dann kannst Du uns beide ja so richtig gut befriedigen", lächelte Leonie und ließ ihre letzten Hüllen fallen. Ein Traumkörper von Frau zeigte sich mir. Unten hatte sie ihre Schamhaarstriche zu einem dynamischen Herz rasiert. Sieht man so oft, sieht aber geil aus! Sie war die Erste, die sich an meinem Mund zu schaffen machte. Küsse mit Zunge. Derweil zog mir Cornelia Hose und Unterhose aus und küsste mich am Schwanz! Sie blies erstmal ganz langsam, da die beiden Ladies ja einiges mit mir vorhatten. Nach ein paar Minuten Vorspiel legten sie sich nebeneinander und ließen sich von mir abwechselnd lecken. Leonies Pussy schmeckte süß und unschuldig gut. Ihre Schamlippen waren klein und etwas versteckt, aber sehr empfindlich. Dafür wuchs ihre Clit mächtig groß an. Mein Oralsex führte bei Leonie schnell zum Orgasmus.

Dann wurde es richtig geil: Leonie und Cornelia praktizierten 69. Cornelia unten, Leonie hockte über ihr. Beide leckten sich gegenseitig. Und ich? Ich fickte Leonie von hinten. Sie bestand auf Gummi und hatte welche dabei. Plötzlich kam Cornelia. Leonie setzte sich rechtzeitig auf und rubbelte händisch zu Ende. Cornelia squirtete heftig. Ich konzentrierte mich mehr auf den süßen Po Leonies, den ich fest hielt. Mein Schwanz war mittendrin.

Er verwöhnte Leonies Pussy so gut, während Cornelias Zunge Leonies Scham und den Anfang ihrer Klitoris stimulierte. Das bewirkte einen zuckenden Orgasmus der 24-Jährigen. Sie schrie laut und verengte ihre Muschi enorm dabei. Ich hielt inne und genoss das Pulsieren, dann wollte ich mehr. Harte Stöße bereiteten mich, Leonie und Cornelia auf meinen Höhepunkt vor. Keuchend kam ich. Danach brach ich zusammen.

Auch die Mädels waren bedient und ließen sich genussvoll fallen. Während ich da lag und mein Penis immer noch berauscht herumzuckte, widmete sich Leonie ihm: „Ja, Du hattest Recht, Cornelia. Seiner ist wirklich ein Prachtstück. Er ist nicht zu lang, nicht zu klein, nicht zu dick, nicht zu dünn. Er ist genau richtig!" Ich freute mich wie Duggan. Dann philosophierten wir über die schönste Sache der Welt: Sex! Über Oralsex, Männer, das Womanizer-Toy, das beide liebten, über Masturbation.

71

Dabei blieben wir hängen. Aber nicht beim Womanizer, sondern beim Wichsen der Männer. Die Cornelia behauptete, dass kein Mann sich in unter 3 Minuten selbst zum Abspritzen bringen kann. „Also ich als Frau brauche mindestens 5 Minuten, um ihn zum Orgasmus zu bringen. Männer, die kennen ihren Schwanz natürlich in- und auswendig. Vielleicht 4 Minuten, wenn sie gut sind. Aber noch schneller? 3 vielleicht mal, wenn sie total gestaut sind. Aber darunter unmöglich."

„Also ich schaffe es locker in unter 3 Minuten", prahlte ich. „Glaube ich nicht. Wenn Du 15 wärst, dann vielleicht, aber mit Deinen Mitte 30, hm", guckte Leonie groß. Mitte 30?! Ein tolles Kompliment. Danke! Bin ja schon über 40. Gut gehalten, was? „Ich bleibe dabei. Habe das zwar nie nach Uhr probiert, halte ich aber für machbar." „Ich wette dagegen", rief die nackte Cornelia. „Ich auch", die nackte Leonie.

„Gut, dann wetten wir. Um was?" „Solltest Du es nicht schaffen und länger als 3 Minuten brauchen, Leonie, hast Du Ideen?", fragte Cornelia ihre Busenfreundin. „Lass mich überlegen. Was hältst Du von einer je halbstündigen Massage für uns beide? 30 Minuten Du und 30 Minuten ich. Dann muss unser Held uns beide schön massieren." „Au ja", rief Cornelia aufgeregt. „Und was wünschst Du Dir, solltest Du es doch schaffen?"

Jeder, der mich kennt, weiß, was ich mir da wünsche: Filmen! „Wenn ich es schaffe, in unter 3 Minuten abzuspritzen, dann darf ich einen Double Blowjob von Euch an mir filmen." „Einverstanden", snuggte Leonie. „Ich nicht", mahnte die Politesse. Cornelia erklärte mir, dass sie kein Beweismaterial gegen sie haben möchte. Verständlich für eine Polizistenfrau.

„Vertrauen hin oder her, ich möchte einfach nicht, dass so ein Material von mir existiert, was mir irgendwann meine Karriere kosten könnte." „Verstehe ich, alles gut", nickte ich. „Aber ich würde Euch beim Blowjob filmen", bot sie an. Deal! Auch Leonie war einverstanden. „Da ich heute schon gekommen bin, wäre es unfair, jetzt die Stoppuhr anzulegen. Wäre ein nächstes, frisches Mal okay?" „Ja", aus beiden Mündern. Aber zu Ende war unser erster gemeinsamer Abend noch nicht. Lust hatten wir noch, also: Nochmal ficken. Diesmal tauschten die Mädels die 69er-Position.

Ich fickte Cornelia von hinten Doggy Shaggy, während sie Leonies Pussy schlürfte. Ich fickte gut, wieder ohne Gummihaube, bis ich nach 10 Minuten abspritzte. Mein Saft lief aus Cornelias Mumu heraus und tropfte Leonie ins Gesicht, die sich einfach bekleckern ließ. Geil! Beide Mädels waren noch nicht gekommen, also leckten sie einfach weiter. Ich drehte ein bisschen am Rad und entwurmte die 69, sodass ein 2-on-1 entstand: Cornelia und ich verwöhnten Leonie, bis diese zweimal kam. Dann verwöhnten Leonie und ich Cornelia, bis diese zweimal kam. Himmlisch das Ganze! Und so frei. Ich konnte fremdgehen, wie ich wollte, ohne Rücksicht auf Verluste! Unser zweites Dreier-Date fand 3 Tage später statt. Ich freute mich wie Lukas, der Lokomotivführer auf das, was kommen möge. Bewusst hatte ich mir 2 Tage Onanie- und Sexpause verordnet, um ja die 3-Minuten-Marke knacken zu können.

Frisch gestylt erschien ich in der 4-Zimmer-Wohnung Cornelias, wo Leonie und die Hausherrin auf mich warteten. Schnell landeten wir im Bett. „Bist Du bereit?", fragte mich Leonie mit leuchtenden Augen. „Ja, bin ich", strahlte ich. „Ich wiederhole nochmal die Wette. Ihr wettet, dass ich mich nicht in unter 3 Minuten zum Orgasmus wichsen kann. Korrekt?" Beide Schönheiten nickten. „Solltet Ihr gewinnen, massiere ich Dich, Leonie, 30 Minuten lang, danach Dich, Cornelia, 30 Minuten lang."

„Oh ja, ich freue mich schon darauf", kicherte Cornelia. „Sollte ich es aber schaffen, bekomme ich einen Blowjob von Leonie, den Du, Cornelia, für mein Privatarchiv filmst." Beide nickten. Cool! Leonie holte ihr Smartphone ins Bett, aber nicht um Fotos zu schießen, sondern um die Stoppuhr zu starten. „3 – 2 – 1 – Start", zählte sie und drückte aufs Knöpfchen.

Schon war meine linke Hand an meinem Schwanz und wichste um die Wette. Da ich genau weiß, wie ich es brauche, war ich mir sicher, die 3 Minuten zu schaffen. Halbsteif war er ja schon, also machte ich ihn ganz steif. Schnell wichste ich, mit dem richtigen Druck an den richtigen Stellen. Beide Ladies knieten mir nackt gegenüber. Ich hätte gerne freie Sicht auf alles gehabt, aber das vermieden beide bewusst. Sie wollten es mir so schwer wie möglich machen.

Aber der Anblick war mega. Ihre gespannten Blicke und ihre schönen Brüste, ihre Traumkörper machten mich ultrageil. Ich spürte meine Adern kräftig arbeiten und wusste, gleich komme ich. Die Uhr zeigte 2:02 Minuten. Ich war gut in der Zeit. Bei 2:11 schoss der Samen aus mir heraus. Ich wichste nach vorne, also sprang er Cornelia und Leonie regelrecht an. 10 Ladungen waren es, die ich ihnen präsentierte. Danach wischte ich mich mit einem gereichten Handtuch sauber und schaute in die Runde. „2 Minuten und 11 Sekunden", murmelte Cornelia.

„Hut ab, Du hast es geschafft. Hätte ich nicht gedacht." Um mir die Zeit bis zum versprochenen Super-Blowjob zu versüßen, kuschelte ich eng mit beiden. Dabei sprachen wir wieder über Masturbation und den Womanizer. Beide hatten einen. Ich kam auf die Idee, den doch mal ins Liebesspiel mit einzubeziehen. Sie waren einverstanden. Cornelia stellte ihr Exemplar bereitwillig zur Verfügung und wollte gleich die erste Testkandidatin sein.

Während Leonie und sie knutschten, setzte ich das mir bekannte Teil auf Cornelias Stecknadel. Sie stöhnte laut auf, als ich ihn anschaltete. Andrea hat ja selbst einen und liebt ihn abgöttisch. Der Womanizer bringt jede Frau zum Orgasmus! Diese Garantie bestätigte sich auch bei Cornelia. Nach 4 Minuten bebte sie sich einen ab. Nun war Leonie dran. Sie hielt Cornelia das Teil hin, während ich heiße Zungenspiele mit der Polizistin durchführte. Der Womanizer erzielte dasselbe Resultat:

Die Empfängerin musste kommen. Nun war Leonie diejenige, die befriedigt werden wollte. Zuerst schenkte ich ihr mit dem Womanizer einen krassen Orgasmus, während sie mit Cornelia Lippen austauschte. Dann durfte Cornelia ihre Freundin zum Höhepunkt bringen. Sogar 2 hintereinander waren es diesmal. Alle waren happy.

Nun war mein Moment gekommen: „So, Ladies, jetzt wird gefilmt!" Ich übergab Cornelia mein iPhone und begab mich in die bequemste Liegeposition. Cornelia legte sich neben mich und filmte aus der POV-Perspektive. „Go!", rief sie. Leonie krabbelte auf mich zu, zwischen meine Beine, und startete. Zuerst küsste sie meine Beine aufwärts: die Unterschenkel, die Oberschenkel, die Hüften. Dann blieb sie in der Mitte stecken.

Softe Küsse an meinem Penis spürte ich: an der Eichel, der Vorhaut, dem Schambein. Wunderbar! Dann nahm sie ihre Hände mit. Langsam und sinnlich startete sie ihren Blowjob. Cornelia setzte sich nun auf und filmte seitlich weiter. Dann wanderte sie einmal um Leonie herum und filmte ihr von hinten durch die Beine. Ich lag da und genoss. Leonies Arbeit war gut und geil. Langsam blies sie schneller und enger. Auch ihre Hände arbeiteten nun intensiver mit. „Warte", keuchte ich und stand auf. „Mach so weiter." Wie ein kleines Kind kniete mir Leonie zu Füßen und blies echt eindrucksvoll. Cornelia filmte das Ganze weiter aus verschiedenen Perspektiven. Als ich merkte, dass mein Orgasmus nicht mehr allzu fern war, informierte ich beide sofort darüber. Cornelia kam zu mir und filmte wieder aus meinem POV-Winkel: von oben nach unten.

Als ich kam, streckte Leonie sündhaft ihre Zunge aus und wichste mein Sperma in und an ihren Mund. Ein Spritzer ging hoch und kleckste ihr linkes Auge zu. Ich wackelte, so geil war es. Als alles fertig war, beendete C die Aufnahme mit einem Close-up von Leonies Gesicht mit all meinem Samen. Ich traf mich noch zweimal mit Cornelia und Leonie zum Gruppensex.

Beide Male war echt geil. Doch dann beichtete mir Cornelia Folgendes: Georg hatte Wind von unserer Affäre bekommen. Keine Ahnung, wie. Vielleicht hatte eine geplaudert. Jedenfalls tobte er und wollte mich umbringen. „Daher sollten wir das besser beenden", meinte Cornelia. „Ist zwar äußerst schade, aber sicherer für uns alle." Mein Leben ist mir lieb, daher ging ich auf diesen Vorschlag ein.

Blockaden gilt es zu lösen

Maren kreuzte meinen Weg, als ich ihren kreuzte. Sie war 25 Jahre hübsch und Hauptdarstellerin in unserer neuesten TV-Produktion. Ich lernte sie am Casting-Tag kennen und verschaute mich sofort in sie. Sie war eine Mischung aus Alexa Bliss und Paige. Also luderhaft gestylt und mit dem gewissen Etwas versehen. Sexy. Braune Haare, etwa 47 kg bei 1,64 m.

Wir verbrachten viel Zeit miteinander, da die Produktion eine bedeutende war. Aber nicht nur wir: Das Team umfasste 30 Personen. Maren kam ursprünglich aus Hamburg und lebte nun mit ihrem Freund bei München. Am vierten Drehtag kam sie heulend an. Sie habe sich fürchterlich mit ihrem Freund gestritten und werde sich trennen. Endgültig. Ich erfuhr, dass ihre Beziehung ohnehin keine beständige und gute war, aber sein aktuelles Scheißverhalten habe das Fass jetzt endgültig zum Überlaufen gebracht.

Ich bot Maren an, die Firmenwohnung derweil als Zwischenlösung zu nutzen, was sie dankbar annahm. Ohnehin verstand ich mich sehr gut mit ihr. Ihr Hamburger Humor war ein witziger. Nicht typisch Hamburg, mehr ostfriesisch. Sie haute den einen oder anderen Spruch raus. Hatte keine Berührungsängste. Fühlte sich sehr wohl im Team. Wir gaben ihr Sicherheit, Stärke und Selbstvertrauen.

Als Maren 2 Tage später mit ihrem wichtigsten Hab und Gut in meine Zweitwohnung, die Firmenwohnung, zog, half ich ihr. Ich schleppte ihr ihren großen Koffer hinein und stellte ihn brav ab. Dieser war aber nicht ganz verschlossen und öffnete sich wohl selbstständig, während wir aus dem Auto die zweite Ladung holten. Als wir wieder hochkamen, lag der Koffer offen am Boden.

Das Erste, das wir deutlich sahen, war ihr Womanizer, Version Pinguin Pro. Etwas beschämt räumte sie schnell um, vergrub ihn unter ihren Klamotten und schaute mich mit Achselzucken süß an. „Alles gut, meine Frau hat auch so einen. Die hat sogar jede Ausführung davon." Somit war die peinliche Situation übergangen und die Stimmung wieder allseits gut.

„Naja, irgendwie muss ich mich ja bei Laune halten", fügte sie nach. „Da kann ich Dir nur Recht geben. Das Teil ist das Beste, was eine Frau haben kann." Meine Gattin ist immer wieder aufs Neue begeistert. Diese Womanizer sind jeden Euro wert." „Ich sage Dir mal etwas unter uns: Früher hatte ich immer Orgasmusprobleme. Alleine tat ich mich schon schwer, und Männer sind immer an mir verzweifelt, weil ich einfach nicht leicht zum Orgasmus komme.

Aber mit dem Womanizer ist das anders. Da klappt es deutlich öfter, so jedes zweite Mal immerhin." „Echt? Bei meiner Frau klappt es immer, und dann auch mehrmals." Maren staunte: „Ja, nicht jede Frau ist da gleich." „Das stimmt. Aber es gibt doch gewisse Tricks, wie es öfter klappt", protzte ich. „Und welche?" „Das hängt von der Frau ab, auf was sie anspricht. Ich habe jedenfalls in meinem Leben schon viele Frauen gehabt, und da waren auch einige mit demselben Problem dabei.

Aber immer ist es mir gelungen, den gewissen Trick zu finden, damit jede Frau erlöst wurde und gut, heftig und vor allem regelmäßig kommen kann." „Echt? Ist ja interessant. Also wenn ich mit meinem Freund Sex hatte, naja, vielleicht bei jedem fünften Mal bin ich gekommen. Nicht öfter." „Armes Ding, das ist doch viel zu selten", belehrte ich sie. „Ich bin sicher, das geht viel besser." Sie schaute mich groß an. Es war eine Einladung. 5 Minuten später lagen wir im Bett, nackt, und ich versuchte mein Glück.

Maren wollte wissen, ob meine Worte nur leere Hüllen waren oder ihre kommende Realität. Wir sprachen nicht darüber, was erlaubt sei und was nicht, sie wollte einfach wissen, was geht. Ich entschied mich für ein sanftes Vorspiel mit Küssen. Aber erstmal nicht auf ihren Mund, sondern ihren ganzen Körper entlang. Sie hatte einen sehr schönen.

Dazu blanke Muschi. Über der blanken Muschi ein runder Schamhaarkreis am oberen Ende ihres Venushügels. Interessant. Clit und Schamlippen lagen aber total frei und zugänglich. Genau darum kümmerte ich mich nun. Zuerst mit meinen Händen, dann mit meinem Zaubermund zauberte ich ihr ein Lächeln ins Gesicht. Denn sie wusste: Das, was ich tat, war verdammt gut.

Aus meiner unzähligen Erfahrung packte ich das Beste zusammen und gab dies nun an die sexuell blockierte Maren weiter. Ich glaube, so wie ich hatte es Maren noch keiner besorgt. Denn nach etwa 5 Minuten Zungenspiele in oraler Cunnilingusversion kam sie kreischend zum Höhepunkt. Ich wusste nun, wo ihre empfindlichen Stellen waren und wie sie funktionierte. Also weiter. Ich gab ihr einen Moment zum Verschnaufen, dann tauchte ich erneut ab und leckte weiter. Das junge Ding war dabei, ihre Sexualität neu zu entdecken und zu genießen. Zu zelebrieren. Der zweite Orgasmus in a row. Sie kam noch heftiger als zuvor, aber noch nicht final, denn ich wollte ihr noch einen dritten entlocken. Mit all meiner Routine und Katjas Lecktechnik gelang mir das Unmögliche: Maren kam zum dritten Mal. Meine Quote: 100 Prozent! Oder genauer: 300 Prozent! So, das dürfte genug sein. Ich streichelte und küsste sie und ihren Körper aus. Maren war verzaubert. Sie hatte die Augen geschlossen und atmete tief. Als sie zurück im Hier und Jetzt war, schaute sie mich ungläubig an: „So etwas habe ich noch nie erlebt. Wie hast Du das gemacht?" „Erfahrung", strahlte ich, „ich weiß genau, was Frauen brauchen." „Frauenversteher", schmatzte sie. Sie brauchte noch kurz Zeit, um sich zu sammeln. Ich lag neben ihr und sammelte mich auch. Dann drehte sie sich um zu mir:

„Darf ich Dir dafür etwas Gutes tun?" „An was denkst Du?" Anstatt zu denken handelte sie: Sie griff mir an meine Hose. Aber nicht an die Stelle, wo mein Knie ruhte. Oder an meine Unterschenkel, sondern an meine halbe Beule. An den Dong. „Ich finde, Du hast Dir jetzt ein Dankeschön verdient." Ja, das fand ich auch. Das hatte ich mir in der Tat verdient.

Dieses Dankeschön war weiblich, sexy und 25 Jahre jung. Wie würde sie sich bei mir bedanken? Mit einem guten Handjob? Oder einem geilen Blowjob? Oder sogar einem intensiven Fick? Ich hoffte auf alles. Es war ein astreiner Blowjob, den sie mir schenkte. Diese wundervolle Hautdarstellerin meiner Produktion war eine äußerst talentierte Bläserin. Pech für ihren Ex, der das nun nicht mehr bekam. Sexy räkelte sie sich zwischen meinen Beinen und machte auch Deepthroat. Bei 15 cm ist das schon eine Leistung. Applaus!

78

Ich genoss ihre Glanzleistung sehr. Sie setzte eine spannende Edgingtechnik ein. Zusammen mit dem Blowjob war das Hammer. Ich fühlte, wie der Produzent immer nervöser wurde. Ja, ich wurde immer nervöser, da ich meinen Orgasmus anrollen spürte. Er kündigte sich brutal an. Und Maren gelang es auch, diese Intensität zu halten. Heftig spritzte ich raus. Sie edgte weiter und spielte mit ihrer Zunge an meinem Frenulum. Mein Glied ruhte gut in ihrer jungen, begabten Hand. Sie ließ sich bespritzen. Das war echt ein toller Dank für mein Geschenk vorhin. Ich dankte ihr für den Blowjob und schnaufte tief durch. „Ich möchte unbedingt mit Dir schlafen. Wenn Du das auch so gut kannst wie lecken, dann schwebe ich wohl in den siebten Himmel hoch." Nichts hätte ich lieber getan als das, doch die Zeit drängte und meine Ehefrau wartete auf mich. Ich musste gehen, versprach ihr aber den Fick.

An den nächsten Tagen dauerten die Produktionen sehr lang und ich wollte mich gegenüber Andrea nicht in eine unsichere Position begeben. Also ging nichts mit Maren. Die wurde immer drängelnder, doch sie musste warten. An einem frühen Abend konnte ich früher gehen, auch Maren wurde nicht mehr benötigt. Während mein Team noch 3 Stunden beschäftigt war, schlichen uns Maren und ich aus dem Staub und zu ihr.

Dort wollte sie nun von mir gefickt werden. Aber als Casanova und Womanizer weiß ich, dass Frauen, die Orgasmusprobleme haben, mehr brauchen als nur Ficken. Also startete ich unser Liebesspiel wieder mit einem ausgiebigen Vorspiel, indem ich ihr 2 Höhepunkte leckte. Dann spielte sie mich mit Hand, Mund und Zunge fickbereit. Ich entschied mich für den alten Missionar. Diese Position ist für Frauen gut, die mehr wollen. Enger Körperkontakt, leidenschaftliche Küsse, heiße Blicke, all das ist hier möglich.

Zärtlich drang ich in ihre geile Pussy ein und spürte ihren Schamhaarknopf an meinem Unterbauch. Nun bumste ich sie. Aber nicht wild und krass, sondern zärtlich und intensiv. Maren genoss es sehr. Mal hatte sie ihre Augen sinnlich geschlossen, mal schaute sie mich verliebt an. Nun knüpfte ich mit Löffelchen an. Das war genau ihre Position. Hier kam sie sogar zum Höhepunkt. Aber ich konnte noch. Dann durfte sie reiten.

Auch das war geil. Zum Abschluss Doggy. Als Hund brachte ich es dann auch für mich zu Ende. Sie war glücklich und dankte mir sehr für diese wundervollen Erfahrungen. Maren wollte das Ganze wiederholen. Schafften wir 4 Tage später. Ein Zeitfenster von 90 Minuten war das unsere. Ich wollte diesmal unbedingt den Womanizer Pinguin Pro einsetzen, sie hatte nichts dagegen. Wir lagen uns gegenüber. Eng aneinander. Ihre Füße seitlich neben meinem Kopf, meine Füße seitlich neben ihrem. Beide auf dem Rücken.

Sie streichelte meinen Penis, ich streichelte ihre Vagina. Dann wichste sie mich, während ich den Womanizer startete. Aus dieser liegenden Position befriedigte ich eine Frau selten, aber das sollte man öfter tun. Hat etwas. Geben und Nehmen gleichzeitig ist außerdem immer fantastisch. Maren masturbierte mich gut, in einem gleichbleibenden Rhythmus, mit gleichbleibendem Druck.

Ich variierte mehr. Zuerst startete ich den Womanizer mit Stufe 1, schaltete mächtig hoch, um dann die goldene Mitte zu finden. Diese goldene Mitte war Marens Eintritt ins Paradies. Mir gelang es, die Maus zu 4 Orgasmen zu womanizern, ehe ich meinen erlebte. Sie ging ordentlich ab, als sie kam. Sie kam so schön. Auch ich ging ordentlich ab, als ich kam.

Ich zuckte sehr kräftig, doch sie kannte keine Gnade und befriedigte meinen Penis so lange mit guten Auf-und-Ab-Bewegungen, bis er leer war und in sich zusammensank. Nachdem die Produktion fertig war, trennten sich allerdings unsere Wege. Sie hatte eine neue Bude gefunden und startete ein neues Leben. Viel Glück, Maren!

Deal ist Deal

Unfassbar, wie krank junge Frauen heutzutage sind! Nele, die Bowling-Thekenbedienung, die ich mir mal für eine Nacht für echt viel Geld gekauft hatte, weil sie genau mein Typ Frau war, meldete sich wieder bei mir. Nach kurzem, höflichem Smalltalk unterbreitete sie mir ein spannendes Angebot: Sex mit ihrer besten Freundin Xandra. Xandra würde für 500 Euro einen Abend inklusiv Nacht mit mir verbringen, sollte ich Interesse habe. Ich fragte nach dem „Warum", daraufhin Nele: „Sie will sich ein neues Smartphone kaufen." „Schick ein Foto von ihr", forderte ich. 10 Sekunden später stand fest: Ich würde 500 Euro ärmer sein, dafür eine geile Nacht reicher. Xandra sah aus wie die junge Tennisgöttin Anna Kurnikowa. Die konnte sicher jeden habe. Doch scheinbar hatte sie eines nicht: Kohle, Kies, Schotter, Asche. All das habe ich zur Genüge.

Ich bat um Diskretion und Vertraulichkeit, was mir die Amateur-Zuhälterin Nele zusicherte. Sie teilte mir die Mobilnummer von Xandra mit und wünschte mir viel Freude mit ihr. Ich rief sofort Xandra an. Die meldete sich mit „Hallo?". Ich stellte mich vor und erklärte den Grund meines von ihr forcierten Anrufs. „Also, wir haben einen Deal für 500 Euro", betonte ich. „Okay, aber ich will, dass Du mir das Geld davor gibst." „Nein, wir machen 250 davor und 250 danach, sonst wird das nichts. Du sollst ja motiviert bleiben."

„Na gut", schluckte sie, „aber ich kann mich schon darauf verlassen, dass Du wirklich zahlst." „Ja, wenn Du Dich an unsere Abmachung hältst und mir einen geilen Abend bereitest." Schriftlich wollten wir nichts festhalten, weder ich noch sie. Ich entschied mich für dasselbe schicke Hotel in Salzburg wie bei Nele und buchte es. Meiner Andrea verkaufte ich einen Geschäftstrip, sie fragte nicht einmal nach. Braves Ding.

Ich teile Xandra meinen Plan mit, Datum und Uhrzeit, wann ich sie wo abholen würde. Sie nickte am Hörer und notierte alles. Ich zählte die Tage rückwärts. Endlich war es soweit und der Tag des 500-Euro-Ficks da. Nach der Arbeit fuhr ich mit meinem schicken BMW nach Dorfen.

Dort holte ich Xandra auf einem leerstehenden Parkplatz ab. Xandra sah verdammt sexy aus in ihrem 22-jährigen Minirock. Ich denke, sie hatte sich bewusst derart reizvoll angezogen, um mir weiter den Kopf zu verdrehen. Wenn schon 500 Euro verdienen, dann auch Leistung dafür bringen. Ist ja nicht zu viel verlangt. Wir fuhren, checkten ein und bezogen unser Zimmer. Schön und groß war es. Hunger hatten wir. Ich lud ein. Gut war es. Aber teuer.

Nun wurde es ernst. „Wie stellst Du Dir das jetzt genau vor?", fragte sie mich. „Ich mache nichts, was mir nicht gefällt." „Na, ich möchte Sex mit Dir. Ich möchte mit Dir schlafen. Ich möchte von Dir verwöhnt werden und ich möchte Dich verwöhnen. Das ganze Programm. Hey, mach ja keine Szene und gib Dir Mühe, für 500 Unzen kann ich das verlangen.

Ich werde auch ganz lieb sein und Dich gut behandeln. Keine Sorge, ich werde Dich auf Händen tragen." Xandra wollte zuerst duschen. Okay, dann komme ich gleich mit. Als Xandra sich auszog, flatterten mir meine Augen. Ein wunderschöner Frauenkörper kam zum Vorschein. Sie hatte lange Beine, stehende Titties und ein süßes Lächeln. Ihre Muschi trug Xandra mit Irokesenschnitt. Ich betrachtete sie von oben bis unten und nickte nur. Schon war sie unter der Dusche und duschte. Ich folgte. Als sie mich nackt sah, nickte sie anerkennungsvoll: „Für Dein Alter hast Du aber noch einen sehr schönen Körper."

Danke. Ich tue auch einiges dafür. Mein 44-jähriger Penis wurde steif, ich drückte ihn ihr bewusst von hinten an den Hintern. Sie ließ es geschehen und seifte sich weiter gründlich ein. Ich hielt ihr die Brause. Unter der Dusche wollte sie noch nicht durchstarten, erst auf dem Bett. Alright. Mein Steifer stand die ganze Zeit steif, ehe wir endlich eingecremt uns auf dem Bett einfanden.

„Zuerst blas mir einen." „Zuerst will ich meinen Anteil." „Sei nicht so pampig", ermahnte ich sie, „damit verdirbst Du jede Stimmung. Aber versprochen ist versprochen, hier ist Deine Kohle." Ich legte ihr 250 Euro aufs Bett. Xandra steckte das Geld weg und meinen Schwanz in ihren Mund. Brutal gut fühlte sich das an. Diese junge Xandra machte mich sehr glücklich. Ich ließ sie arbeiten.

Korrigieren musste ich nicht, da sie es sehr gut machte. Liegend genoss ich ihren jugendlichen Anblick zwischen meinen Beinen. Xandra blies tief und umspielte mit ihrer gepiercten Zunge immer wieder meine Eichel. „Ich komme gleich", warnte ich sie. Sie wichste mit ihrer linken Hand zu Ende. Mein Sperma schoss hoch hinaus und bekleckerte meine Brust. Xandra hatte das wirklich gut gemacht. Ich war mehr als zufrieden. „Merci Mausi", lobte ich sie. „Dafür revanchiere ich mich gerne." „Wie meinst Du das?" „Jetzt bringe ich Dich zum Orgasmus." „Moment mal, davon war nicht die Rede." Da wurde ich wütend: „Was glaubt Ihr jungen Frauen eigentlich, wer Ihr seid?! Du bekommst 500 Euro für eine Nacht und weigerst Dich dann, mitzumachen – das geht nicht! Für 500 Eier musste ich früher einen halben Monat schuften. Das bekommst Du hier und heute in ein paar Stunden.

Sei doch mal ein bisschen kooperativ, das ist doch nicht zu viel verlangt, Mensch!" Das reichte. Ich hatte sie gut eingeschüchtert. Trotzdem legte ich noch mal nach: „Wenn das Deine Eltern wüssten, was Du hier gerade tust – Du prostituierst Dich für Geld, unglaublich. Als 22-Jährige. Wenn Du es schon tust, dann tue es richtig. Dann hast Du Dir das Geld auch verdient." Jetzt heulte sie. Na, da sieht man mal, dass man von etwas, was einem zu mächtig ist, lieber die Finger lassen sollte.

Ich beruhigte Xandra und streichelte ihren Kopf. Dann ihre Brüste. Dann ihren Bauch. Dann ihre Schenkel. Das zeigte Wirkung. Xandra hatte sich beruhigt und ihre Augen geschlossen, nun gehörte sie mir. Ich streichelte ihre ziemlich große und eindrucksvolle Clit und leckte ihre charmanten Schamlippen auf und ab. Xandra genoss es und stöhnte lauter. Dann machte ich ernst und wurde zu Katja. Deren Lecktechnik ist immer noch der Gipfel an Kunst.

So überquerte Xandra zweimal die Ziellinie. Laut schrie sie, heftig zitterte sie, gut machte sie das. Als Bonus hatte ich noch eine Überraschung im Koffer: den Womanizer. Nicht Andreas Eigentum, sondern meinen Zweit-Womanizer, für genau solche Momente. „Was ist das?!", blickte Xandra mich schockiert an. Dann: „Ah, Oh, das ist geil, weiter." Ich hielt ihr den Womanizer voll drauf und erhöhte langsam die Intensität.

Noch nie in meinem Leben habe ich eine junge Frau derart heftig zittern gesehen bei einem Orgasmus, wie Xandra bei diesem. Der Womanizer hatte ihr soeben eine neue Orgasmusdimension eröffnet. Xandra wollte mehr davon. Bekam sie. 3 Orgasmen später brauchte sie eine Pause. Ich erklärte ihr das technische Meisterwerk und hatte längst wieder einen Steifen. Bereitwillig ließ sie sich von mir ficken. Zuerst im Stehen, sie nach vorne gebeugt, dann ich als Missionar, schließlich von hinten. Neugierig war sie auf einmal geworden, das Luder. Sie hielt mir sogar ihr A-Loch hin. Auch da passte ich rein. Mit Gummi alles natürlich. Nun sollte sie reiten. Dabei kam ich. In meinem Arm flüsterte sie mir noch etwas vom Womanizer ins Ohr. Na gut, dann nochmal. Diesmal wollte sie die Höchststufe fühlen. Die Schallwellen brachten sie erneut zu multiplen, äußerst heftigen Orgasmen. Erschöpft schliefen wir ein.

Für den Sex am nächsten Morgen bereitete ich 2 meiner unsichtbaren Spy Cams vor. Während Xandra ihre Morgentoilette erledigte, platzierte ich die Aufnahmemedien in guten Winkeln zum Bett. Zuerst gab Xandra mir einen klasse Blowjob mit spritzigem Happy End per Hand. Dann kam sie fünfmal – zweimal durch meine Leckzunge, dreimal durch den Womanizer. Dann fickten wir. Diesmal ritt Xandra mich vorwärts, dann rückwärts. Doggy wollte ich auch noch. So kam ich auch.

Nach dem Frühstück war noch Zeit. Diesmal blies sie mich mit Abschuss in den Mund zum Samenerguss. Schade, dass ich dieses Finale nicht mehr aufgenommen hatte. Xandra bekam die restlichen 250 Euro von mir cash auf die Hand. Wir wiederholten diese bezahlten Sex-Treffs noch weitere viermal. Ich war insgesamt 2.000 Euro ärmer, plus die Hotel-, Fahrt- und Essenskosten, aber geile Erfahrungen reicher. Xandra meinte zuletzt, jederzeit wieder. Darauf werde ich zurückkommen.

Buch-Tipps vom *Womanizer*

The Womanizer
Ich, der Fremdgeher 1
Die Abenteuer des Womanizers

Sex, Erotik, Liebe, Lust und geile Leidenschaft – dies ist die spannende Geschichte, die Autobiografie des Womanizers, eines Mannes, der seinem Leben keine Grenzen setzt und sich alle sexuellen Wünsche und Träume erfüllt. Obwohl er glücklich in einer Beziehung mit seiner Freundin Andrea ist, die er auch wirklich liebt, gönnt er sich alle Freiheiten, um das zu genießen, wovon andere Männer nur träumen. Er erlebt fantastische Abenteuer ebenso wie böse Reinfälle, heiße Affären, Sex mit 3 Frauen gleichzeitig, Erpressung, Glück und Leid in Beziehung und One Night Stands.

Erfahren Sie mehr über den Mann hinter der Womanizer-Maske und sein Leben. Fantasien werden Wirklichkeit, Wünsche wahr. „Ich, der Fremdgeher 1" ist ein hochexplosives und spannendes Werk, das den Leser fesselt, anregt und erregt. 63 Kapitel voller Sex, Lust und Leidenschaft. 200 Seiten pure Erotik. Doch auch Schuld und Moral spielen eine Rolle. Immer wieder hinterfragt der Womanizer sein schändliches Treiben und will seiner Freundin treu bleiben, doch die Lust ist zu groß und die weiblichen Reize sind zu stark ... und so stürzt er sich ins nächste Abenteuer. Ein Buch, über das Sie noch lange sprechen werden!

ISBN 978-3-8423-2186-1
Books on Demand

Buch-Tipps vom Womanizer

The Womanizer
Ich, der Fremdgeher 2
Neue Abenteuer des Womanizers

Dies ist Teil 2, die Fortsetzung der spannenden Lebensgeschichte des Womanizers, eines Mannes, der seinem Dasein keinerlei Grenzen setzt und sich all seine sexuellen Wünsche und Träume erfüllt. Obwohl er mittlerweile glücklich verheiratet und stolzer Vater eines Sohnes ist, gönnt er sich die Freiheiten, um das zu genießen, wovon andere Männer träumen. Er erlebt fantastische Abenteuer ebenso wie böse Reinfälle, heiße Affären, Glück und Leid in Beziehung und One Night Stands. Erfahren Sie alles über den Mann hinter der Maske und sein geniales Leben. Fantasien werden Wirklichkeit, Wünsche wahr.

„Ich, der Fremdgeher 2" ist ein explosives Werk, das den Leser fesselt, anregt und erregt. 35 Kapitel voller Sex, Liebe und Leidenschaft, 200 Seiten pure Erotik, das ist die fantastische Welt des Womanizers. Doch auch Schuld und Moral spielen eine Rolle. Immer wieder hinterfragt er sein Treiben und will seiner Ehefrau Andrea treu bleiben, doch die Lust ist zu groß und die weiblichen Reize sind zu stark ... und so stürzt er sich ins nächste Abenteuer. Die fantastische Fortsetzung von „Ich, der Fremdgeher 1". Ein Buch, das Sie nicht mehr loslassen wird, denn tief in Ihnen stecken auch der Trieb, die Lust und die Gier auf die Erfüllung all Ihrer sexuellen Wünsche und Fantasien.

ISBN 978-3-8448-7446-4
Books on Demand

Buch-Tipps vom *Womanizer*

The Womanizer
Ich, der Fremdgeher 3
Die letzten Geheimnisse des Womanizers

Dies ist Teil 3 der legendären Biografie über das Leben und das Wirken des Womanizers, eines Mannes, der sich trotz hübscher Ehefrau und zweier wundervoller Kinder außertourlich all seine sexuellen Wünsche und Träume erfüllt. Dabei erlebt er das, wovon andere Männer nur träumen. Diesmal: Sex mit den blutjungen Animateurinnen Grit und Hanna, krasse Abenteuer in der Glory Hole Bar, eine heiße Romanze mit PR-Lady Ella, der fantastische Vierer mit den US-Girls Chloe, Madison und Stella, Kindermädchen Magdalena auf Extratour, Erotikmassagen der göttlichen Luisa, Jugenderinnerungen an Raliza, Techtelmechtel mit Praktikantin Aiko, Reinfall mit Frauke, Oh Julia, Andreas geheime Kiste, Ü-50erin Sabrina, Playboy-Lifestyle mit Hostessen Torrie und Whitney, die scharfe Kerstin, und vieles mehr.

„Ich, der Fremdgeher 3" ist ein explosives und reizvolles Werk, das den Leser fesselt, anregt und erregt. 34 Kapitel voller Sex, Liebe und Leidenschaft, 200 Seiten pure Erotik, das ist die extravagante Welt des Womanizers. Die geile Fortsetzung von „Ich, der Fremdgeher 1 & 2". Ein Buch, das Sie nicht mehr loslassen wird, denn tief in Ihnen stecken auch der Trieb, die Lust und die Gier auf Erfüllung all Ihrer sexuellen Fantasien.

ISBN 978-3-7460-1524-8
Books on Demand

Buch-Tipps vom Womanizer

The Womanizer
Ich, der Fremdgeher 4
Kostbare Perlen des Womanizers

Mein Leben ist ein Traum! Attraktiv, gesund, glücklich verheiratet, Vater zweier wundervoller Kids, erfolgreicher Businessmann, Top-Verdiener, dazu Dauergast in den Betten hübschester Ladies. Das bin ich, der Womanizer! In meiner Biografie „Ich, der Fremdgeher" haben Sie in den Teilen 1-3 alles über mich, mein Leben, meine Fantasien und meine Taten erfahren. Mein Wirken auf der Überholspur ist grandios. Alle Männer wären gerne wie ich. Über 1.500 Frauen habe ich im Bett gehabt, und es werden immer mehr. Ich weiß, mit welchen Tricks ich geile Frauen um den Finger wickeln muss, um von ihnen das zu bekommen, was ich möchte: Sex! Und genauso weiß ich, mit welchen Schlichen ich das alles meiner Gattin Andrea verheimlichen kann.

Für Band 4 habe ich in meiner Schatzkiste gegraben und präsentiere kostbare Perlen des Womanizers: Bezaubernde Damen, mit denen ich heiße Stunden, Tage oder mehr erlebt habe. Von meinen wilden 20ern bis jetzt Anfang 40 habe ich eine knisternde Auswahl zusammengestellt, die Lust auf mehr macht. Möge mein Lebensstil Sie beflügeln, Ihnen Mut schenken und Sie anspornen, es mir gleich zu tun. Denn Frauen sind dazu da, gevögelt zu werden und den Mann sexuell glücklich zu machen. Nutzen Sie Ihren Schwanz und geben Sie ihm, was er braucht: Eine hübsche Lady nach der anderen! Ich wünsche Ihnen viel Spaß mit meinen kostbarsten Perlen, von geilen ONS bis hin zu Sex mit 3 girls on fire. Und vieles, vieles mehr!

ISBN 978-3-7481-4685-8
Books on Demand

Buch-Tipps vom Womanizer

The Womanizer
Ich, der Fremdgeher 5
Heroische Erlebnisse des Womanizers

Heroische Erlebnisse sind es, die ich Ihnen diesmal präsentiere. Dies ist der 5. Band meiner Reihe „Ich, der Fremdgeher". Und immer noch gibt es spannendes Neues zu berichten, der Stoff geht mir nie aus. Wetten sind etwas Geiles, denn mit ihnen kann man Frauen gewinnen und gefügig machen. Auch MILF (Mothers I´d like to fuck) sind etwas Besonderes, da sie meist doppelt hot sind auf ein sündhaftes Abenteuer. Diese beiden Themen bilden den Schwerpunkt des Werkes. Ich bin der legendäre Womanizer. Ach, was habe ich schon gevögelt in meinem Leben! Über 1.500 Ladies sind es bisher, und es werden weiter mehr. Die 2.000 sind knackbar! Und auf welche schönen Momente ich zurückblicken kann: Viele Highlights davon haben Sie bereits gelesen, andere erfahren Sie nun.

Trotz hübscher Gattin und glücklichem Vatersein ist Leben für mich mehr als Familie: Leben ist für mich SEX! Abenteuer! Lust! Trieb! Leidenschaft und Liebe! One Night Stands! Spaß haben und alles mitnehmen, was geht. Bereut habe ich bisher nichts. Ich lebe das Leben, das ich liebe. Auf der Überholspur, in den Betten hübscher Frauen. In diesem 200-Seiter machen wir eine Zeitreise vom jungen Womanizer bis hin zum heutigen Womanizer. Ich schenke Ihnen heißeste Sex-Abenteuer und heroische Erlebnisse meiner Person, die Sie noch nicht kennen, aber nach dem Lesen nicht mehr missen wollen. Tanken Sie Mut und versuchen Sie mir nachzueifern, denn das Leben kann so verdammt geil sein!

ISBN 978-3-7494-1985-2
Books on Demand

Buch-Tipps vom Womanizer

The Womanizer
Ich, der Fremdgeher 6
Das Ende des Womanizers?

Ist dies das Ende des Womanizers? Tja, meine lieben Freunde der Sonne, vielleicht ist das wirklich der letzte Vorhang, der für mich fällt. Meine Frau Andrea hat ein Ehe-Break gefordert. Sie braucht eine Auszeit, sagt sie, von mir. Aber nicht vom schönen Haus, das ich gekauft habe. Auch nicht vom guten Geld, das ich ihr jeden Monat überweise. Hat sie mich beim Fremdficken erwischt? Nein. Warum dann dieser krasse Schritt von ihr? Keine Ahnung. Frauen sind einfach unberechenbar! Ich muss ausziehen und schwebe in der beschissenen Ungewissheit, ob und wie es mit uns weitergeht. Die armen Kinder! Hat Andrea einen neuen Stecher oder Geldgeber? Geht sie mir fremd? Ich werde es herausfinden.

Gleichzeitig aber lebe ich mein Womanizer-Leben weiter. Jetzt erst recht! Ich poppe Immobilienmaklerin Heidi, gewinne die sexy Fitness-Polizistin Cornelia, verliebe mich in Nutte Agnes, erlebe geniale Erotikmassagen, treffe meine Jugendliebe Yasmin nach 20 Jahren wieder, habe geilen Gruppensex mit der 18-jährigen Daphne und ihren Busenfreundinnen, kämpfe mit der skrupellosen Laetitia um meine Firma, finde in meiner Angestellten Susanna eine heiße Bettgespielin, führe die sexuell blockierte Maren in meine hohe Kunst ein und genieße eine heiße Affäre mit der geheimnisvollen Tattoo-Frau Jacqueline. Aber: Kann ich meine Ehe retten? Wird Andrea ihren Irrsinn beenden? Ich werde alles dafür tun!

ISBN 978-3-7494-3590-6
Books on Demand

Buch-Tipps vom Womanizer

The Womanizer
Ich, der Fremdgeher 7
Comeback des Womanizers

Ich bin zum dritten Mal Vater geworden … doch diesmal nicht mit meiner Gattin Andrea. Trotzdem: Welcome, Niklas! Bei der Fußball-Europameisterschaft lernte ich die Glatzenfrau Marlene kennen und feierte mit ihr den Sieg Deutschlands im Bett. In Amerika stieß ich auf die Geschäftsfrau Harper, die mich zuerst hasste, dann aber liebte. Kein Wunder, ich hatte sie dermaßen eifersüchtig gemacht mit den Diven Grace & Eleanor. Schließlich verfiel sie mir mit Haut und Haaren. Meine Grafikerin Antonia erlebte eine Ehehölle, ich half ihr raus. Als Dank bekam ich sie, doch leider war sie mir nicht gut genug im Bett. Die junge, bildhübsche Nele war unerreichbar für mich, da musste ich sie mir kaufen. 3.000 Euro war sie mir wert. Was ich dafür bekam? So einiges!

In Glasgow trieb ich es mit 9 Frauen gleichzeitig, ich war der Hahn im Kopf. Sexualtherapeutin Juna wollte meine Frage, ob ich sexsüchtig sei, ganz genau beantworten. Dazu musste ich einige Praxistests absolvieren. Rockige Jugenderinnerungen teile ich genauso mit Ihnen wie meine peinlichsten Sex-Momente, z.B. als ich bei der mysteriösen Alexis einfach nicht kommen konnte. Tja, Nobody´s perfect. Ein Highlight der letzten Zeit war die blutjunge Xandra, ein teures, aber geiles Geschenk des Himmels. Zu guter Letzt verliebte ich mich in Susi. Ich kannte sie seit vielen Jahren als Helferin in der Hautarztpraxis, doch erst Sansibar brachte uns zusammen. Ich liebe sie und führe aktuell 2 Beziehungen. Aber ich muss mich bald entscheiden: Andrea und meine beiden Kinder … oder Susi.

ISBN 978-3-7543-5134-5
Books on Demand

Buch-Tipps vom Womanizer

The Womanizer
Sex Bomb
100 Tricks, Frauen ins Bett zu bekommen

DER PLAYBOY TRICK * DER PIANIST TRICK * DER FEUERWEHRMANN TRICK * DER BABYSITTER TRICK * DER 6 RICHTIGE IM LOTTO TRICK * DER BILLARD TRICK * DER MAGISCHE ZETTEL TRICK * DER KINO TRICK * DER HUNDEHALTER TRICK * DER ROTE ROSEN TRICK * DER BARMANN TRICK * DER ZAUBER TRICK * DER CHEFREDAKTEUR TRICK * DER JUNG-FRAU TRICK * DER SPIONAGE TRICK * DER SCHLITTSCHUHLÄUFER TRICK * DER PORNODARSTELLER TRICK * DER MASSEUR TRICK * DER VERFLOS-SENEN TRICK * DER SCARY MOVIE TRICK * DER BUCHAUTOR TRICK * DER FUSSBALLSPIELER TRICK * DER BLIND DATE TRICK * DER KOLLEGIN TRICK * DER FOTOGRAF TRICK * DER GIPS TRICK * DER KONZERT TRICK * DER WETTE TRICK * DER REPORTER TRICK * DER SAUNA TRICK * DER KAMASUTRA TRICK * DER CHARLIE SHEEN TRICK * DER SCHLANGEN TRICK * DER WETTBEWERB TRICK * DER AMATEURPORNO TRICK * DER RESTAURANT CHEF TRICK * DER GEBURTSTAGSPARTY TRICK * DER UM-ZIEH TRICK * DER SCHÖNE FRAU TRICK * DER SHOPPING TRICK * DER CALLBOY TRICK * DER XXL-KONDOM TRICK * DER EBAY TRICK * DER EBAY DELUXE TRICK * DER BETTENKAUF TRICK * DER POKER TRICK * DER ANNA TRICK * DER MASKENBALL TRICK * DER EINKAUFS TRICK * DER EX ONE NIGHT STAND TRICK * DER DJ KUMPEL TRICK * DER POR-SCHE TRICK * DER BORDELL CASTING TRICK * DER BORDELL CASTING DELUXE TRICK * DER SEXSHOP TRICK * DER STILLE TRICK * DER E-MAIL TRICK * DER FACEBOOK PARTY TRICK * DER JOGGER TRICK * DER THER-MEN TRICK * DER ROBINSON CLUB CAMYUVA TRICK * DER 25 ZENTIME-TER TRICK * DER SALTO TRICK * DER TRAUM TRICK * DER COACHING FÜR SINGLES BUCH TRICK * DER 5 DVDS ZUR AUSWAHL TRICK * DER STRAPSE TRICK * DER MASSAGEKURS TRICK * DER VISITENKARTEN TRICK * DER WITZE TRICK * DER TAGEBUCH TRICK * DER VIBRATOR TRICK * DER SPIRITUELLE TRICK * DER TANZ TRICK * DER WELTREKORD TRICK * DER POLEN TRICK * DER 10 MINUTEN TRICK * DER VERLASSE-NEN TRICK * DER PFIFFIGE TRICK * DER SCHLAF MIT MIR TRICK * DER SCHAUSPIELFREUNDIN TRICK * DER GANZKÖRPERMASSAGE TRICK * DER FLOATING TRICK * DER ZUCKERWATTE TRICK * DER BUTLER TRICK * DER KÄLTE TRICK * DER PROMIFOTO TRICK * DER STEWARDESS TRICK * DER RETROSPEKTIVE TRICK * DER KUMPEL TRICK * DER CHEF TRICK * DER KAJAK TRICK * DER SCHWESTER TRICK * DER WEIHNACHTSMANN TRICK * DER PUTZFRAU TRICK * DER GESCHENK TRICK * DER SPRICH MICH AN TRICK * DER SADOMASO TRICK * DER ZAHLEN TRICK * DER SPEED-DATING TRICK

ISBN 978-3-8448-0574-1
Books on Demand

Buch-Tipps vom Womanizer

The Womanizer
Meine heißesten Sex-Abenteuer

The Womanizer präsentiert seine allerheißesten Sex-Abenteuer! Nach dem Erfolg seiner Bestseller „Ich, der Fremdgeher 1-6" ist dies ein weiteres Meisterwerk des Mannes, der über 1.500 Frauen im Bett hatte und als Casanova des 21. Jahrhunderts in die modernen Geschichtsbücher eingehen wird. Hierin schildert er seine geilsten Sex-Erlebnisse der letzten 10 Jahre seines aufregenden Lebens und Tuns: Barbara, Teresa, Mary, Iris, Tammy, Rimma, Caro, Lucy, Paula, Jenny, Gabi, Denise, Raliza, Katja, Angie, Anja, Jana, Celine und Alicia heißen die Damen, die The Womanizer für dieses Best of ausgewählt hat.

Jedes dieser Abenteuer zählt zu seinen Favourites. Tauchen Sie ein in die Welt und den Körper des Womanizers und erleben Sie mit ihm seine heißesten Sex-Abenteuer – live und hautnah, uncensored und geil, prickelnd und erlösend. Spüren Sie die Zärtlichkeiten, den Sex, die Erotik, die Lust und die Leidenschaft, die dieses Buch zu einem interaktiven Lesevergnügen machen. The Womanizer wünscht Ihnen viel Freude mit „Meine heißesten Sex-Abenteuer"!

ISBN 978-3-8448-1952-6
Books on Demand

Buch-Tipps vom *Womanizer*

The Womanizer
SEXSÜCHTIG!
(M)EINE FRAU IST NICHT GENUG

(M)EINE FRAU IST NICHT GENUG – das ist die Philosophie und das Lebensmotto des Womanizers! Nach vielen Bestseller-Büchern präsentiert der Playboy des 21. Jahrhunderts sein Werk „SEXSÜCHTIG!", in welchem er die wundervolle Beziehung zu seiner Ehefrau Andrea beschreibt und gleichzeitig über seine geilsten Seitensprünge intimst Auskunft gibt. Erfahren Sie mehr über den Mann, der schon über 1.500 Frauen im Bett hatte, und seine heißen Sex-Abenteuer mit Isabel, Simone, Carmen, Melly, Sandy, Samira, Michèle, Bianca, Lena, Silke, Lolita und Wendy.

Megaerotisch sind seine intimen Schilderungen von Liebe, Sex und Zärtlichkeit, Lust und Leidenschaft, Gier und Verlangen. (M)EINE FRAU IST NICHT GENUG – der Drang nach neuen Erfahrungen, nach jungen, schönen Körpern und tabulosen Mädels ist groß. Und die Mädels sind willig. The Womanizer nimmt sie gerne, aber nur die Besten! Und was die so alles können, erfahren Sie in diesem Buch!

ISBN 978-3-8482-0035-1
Books on Demand

Buch-Tipps vom Womanizer

The Womanizer
Sexy!
Memoiren eines Playboys

Tauchen Sie ein in eine Welt voller Lust, Leidenschaft, Sex und Erotik! The Womanizer präsentiert seine Memoiren und berichtet von seinen spannendsten Sex-Abenteuern mit blutjungen, bildhübschen 18-jährigen Mädchen bis hin zu 43-jährigen, reifen Damen. Sie alle sind ihm hilflos verfallen und finden einen Ehrenplatz in diesem Werk, das durch intimste Schilderungen und faszinierende Erlebnisse überzeugt.

„Sexy!" ist ein interaktives Lesevergnügen – der Womanizer erzählt seine Begegnungen hautnah und lebendig, als wären Sie persönlich dabei. Freuen Sie sich auf 24 Ladies und ihre Traumkörper, ihre Lust und Gier nach einem Mann, der sie glücklich macht. Anhand seiner orbitanten Leistungen ist The Womanizer zweifelsohne DER Playboy des 21. Jahrhunderts. Und nun viel Freude beim Lesen und Genießen dieses Buches!

ISBN 978-3-8482-0153-2
Books on Demand

Buch-Tipps vom Womanizer

The Womanizer
Verbotene Lust!
Sex ist mein Leben

In „Verbotene Lust!" führe ich Sie in meine geile Vergangenheit und präsentiere einige Raritäten und Perlen meiner sexuellen Lust. Da ich meine Abenteuer dokumentiere, weiß ich exakt Bescheid und kann detailgenau das schildern, was ich erlebe, wovon andere Männer nur träumen. Auch wenn diese Lust eigentlich „verboten" ist, so ist sie für mich normal. Ich sehe nichts Schlimmes daran, dass ich mich sexuell auslebe und mir meinen Spaß auch in anderen Betten hole. Ich verletze meine Ehefrau Andrea ja nicht, sie kennt halt nur nicht die volle Wahrheit. Und die wird sie auch nie erfahren.

Freuen Sie sich auf meine sexuellen Abenteuer mit der Therapeutin Silva, das Maskenball-Spektakel, den sensationellen Vierer mit Kylie, Nele und Helene, die Sex-Toy-Verkäuferin Cathy, die Praktikantin Kerstin, das 18-jährige Kindermädchen Magda, und auf vieles mehr. Sex ist mein Leben, daher werde ich stets die „Verbotene Lust" mitnehmen, leben und genießen, denn ich bin und bleibe The One & Only Womanizer!

ISBN 978-3-7460-4353-1
Books on Demand

Buch-Tipps vom *Womanizer*

The Womanizer
Meine besten Dreier
2 Ladies & The Womanizer

Was für viele Männer ein ewiger, unerfüllter Traum bleibt, ist für mich geile Realität: der sagenumwobene flotte Dreier! Ach, wie oft schon habe ich 2 Frauen gleichzeitig im Bett gehabt und sensationelle Stunden mit ihnen erlebt. Wenn auf einmal 4 Hände und 2 Münder loslegen und ihr Bestes geben, dann sieht man die Sterne funkeln. Nach meinen Verkaufsschlagern „Ich, der Fremdgeher 1-6" sowie diversen Specials ist es an der Zeit, der großen Nachfrage gerecht zu werden und den Spot auf meine besten Dreier zu lenken. Hier gilt das Gesetz: Wenn ich Gruppensex habe, bin ich der einzige Mann! Platz für einen zweiten Mann gibt es nicht. Und die Frauen, mit denen ich es treibe, müssen hübsch und geil sein. Sexhungrig und offen für alles.

Wenn meine geschätzte Frau Andrea von meiner Dreier-Leidenschaft wüsste, würde sie mich umbringen. Nun ja, einmal hat sie ja selbst mitgemacht, mit der süßen Lena. Dieser ganz besondere Dreier wird ausführlich im Werk behandelt und erhält als Abschlusskapitel den Ehrenplatz. Aber sonst bin ich für Andrea ein liebender, treuer und einfach der perfekte Ehemann und Partner. Bin ich ja auch, bis auf das mit der Treue ... Lassen Sie sich eines versichern: Wenn Sie bisher noch keinen Dreier mit 2 Frauen erlebt haben, dann haben Sie wirklich etwas Ultimatives verpasst!

ISBN 978-3-7528-3132-0
Books on Demand

Buch-Tipps vom Womanizer

The Womanizer
Geile 18
Jung, Schön, Sexy & Versaut

Die Zahl 18 ist eine magische, denn sie beschreibt die Eigenschaften, die mir an Frauen wichtig sind: Jung, Schön, Sexy und Versaut! Ich spreche von Göttinnen, die soeben die Grenze vom Mädchen zur Frau überschritten haben und sich in einem überaus reizvollen Alter befinden. Wenn ein Mädchen endlich volljährig wird, steht sie mir offen. Yeah! Ihre süßen, noch mädchenhaften Rundungen, ihr faltenfreier Körper, ihr unschuldiger Blick – all das verführt mich ungemein. Noch mehr verführen mich die 18-jährigen Luder, die es darauf anlegen. Die um geilen Analsex betteln, Fesselspiele beherrschen, Sperma genüsslich schlucken und genau wissen, wie sie mich befriedigen können. Die mit 18 bereits alle Tabus abgelegt haben, um im Bett ihre und meine Erfüllung zu erleben.

Als Mann Ende 30, mit der tollen Andrea verheiratet und Vater zweier wundervoller Kinder, als renommierter Produzent und Gutverdiener, ist es mir eine Ehre, auch heute noch mir das zu holen, was ich will. Sexuell. In meinem Leben habe ich bereits über 1.500 Frauen im Bett gehabt, davon waren sicher 100 dabei, die Sweet Little Eighteen waren. Aufgrund großer Nachfrage habe ich meine besten sexuellen Erlebnisse mit 18-jährigen Girls zusammengestellt. Und dabei festgestellt: Ein Buch reicht dafür nicht aus! Daher kündige ich jetzt schon eine Fortsetzung dieses Werkes an.

ISBN 978-3-7528-8060-1
Books on Demand

Buch-Tipps vom Womanizer

The Womanizer
Supergeile 18
So Jung, Schön, Sexy & Versaut

18 ist eine magische Zahl, denn sie beschreibt die Eigenschaften, die mir an Frauen wichtig sind: So Jung, Schön, Sexy und Versaut! Die Rede ist von Göttinnen, die soeben die Grenze vom Mädchen zur Frau überschritten haben und sich in einem überaus reizvollen Alter befinden. Wenn ein Mädchen endlich volljährig wird, steht sie mir offen. Yeah! Ihre süßen, noch mädchenhaften Rundungen, ihr faltenfreier Körper, ihr unschuldiger Blick – all das verführt mich ungemein. Noch mehr verführen mich die 18-jährigen Luder, die es darauf anlegen. Die um geilen Analsex betteln, das Fesselspiel beherrschen, Sperma schlucken und genau wissen, wie sie mich befriedigen können. Die mit 18 bereits alle Tabus abgelegt haben, um im Bett ihre und meine Erfüllung zu erleben.

Als Mann Ende 30, mit der tollen Andrea verheiratet und Vater zweier wundervoller Kinder, als renommierter TV-Produzent und Gutverdiener, ist es mir eine Ehre, auch heute noch mir das zu holen, was ich möchte. Sexuell. In meinem Leben habe ich bereits über 1.500 Frauen im Bett gehabt, davon waren sicher 100 dabei, die Sweet Little Eighteen waren. Aufgrund der großen Nachfrage habe ich meine besten sexuellen Erlebnisse mit 18-jährigen Girls zusammengestellt. Doch: Ein Buch reicht dafür nicht aus! Dies ist Teil 2, die Fortsetzung von „Geile 18"! Auf geht´s in einen supergeilen Liebesstrudel, denn sie sind So Jung, Schön, Sexy und Versaut!

ISBN 978-3-7528-2472-8
Books on Demand

Buch-Tipps vom Womanizer

The Womanizer
Meine aufregendsten One Night Stand
Frauen, die ich nie vergessen werde

Sex ist mein Leben! Über 1.500 Ladies zwischen 18 und 50 habe ich bisher im Bett gehabt. Als liebevolle Mutter meiner Kinder ist meine langjährige Partnerin und Ehefrau Andrea immer noch meine absolute Traumfrau, der Sex mit ihr ist toll. Dennoch, glücklich in Beziehung und erfolgreich im Beruf, wie ich es bin, brauche ich die Abwechslung im Bett. Damit meine ich aber nicht die Bettwäsche, sondern Damen. One Night Stands sind ein probates Mittel, um unverbindlich und fröhlich sein Vergnügen zu erzielen. Viel einfacher als eine Affäre.

Ich bin ein Profi, was One Night Stands angeht. Zu viele habe ich schon erlebt und erlebe sie weiterhin, dass ich genau weiß, wie ich eine Frau, die ich geil finde, in mein Bett und von ihr heißen Sex bekomme. Für dieses Best of habe ich mich für die aufregendsten One Night Stands meines Lebens entschieden, mit Frauen, die ich niemals vergessen werde. Lassen Sie sich inspirieren von meinen Taten, tauchen Sie ein in den Körper des Womanizers, und ab geht die Bett-Post!

ISBN 978-3-7528-4102-2
Books on Demand

Buch-Tipps vom *Womanizer*

The Womanizer
Meine aufregendsten One Night Stand 2
Frauen, die ich niemals vergesse

Sex ist mein Leben! Über 1.500 Ladies zwischen 18 und 50 habe ich bisher in meinem Bett gehabt. Als liebevolle Mutter meiner beiden Kinder ist meine langjährige Partnerin Andrea immer noch meine absolute Traumfrau. Dennoch, glücklich in Beziehung und erfolgreich im Beruf, wie ich es nun mal bin, brauche ich ständige Abwechslung im Bett, und damit meine ich nicht Bettwäsche, sondern Damen. ONS, One Night Stands, sind ein probates Mittel, um unverbindlich sein Vergnügen zu erzielen. Viel einfacher als eine Affäre.

Ich bin Profi, was solche One Night Stands angeht. Zu viele habe ich schon erlebt, dass ich genau weiß, wie ich eine Frau, die ich supergeil finde, ins Bett und von ihr Sex bekomme. Für dieses Best of habe ich mich für die aufregendsten ONS meines Lebens entschieden, mit Frauen, die ich niemals vergesse. Ich wünsche Ihnen Freude beim interaktiven Studieren meiner geilsten One Night Stands Teil 2!

ISBN 978-3-7460-4936-6
Books on Demand

Buch-Tipps vom Womanizer

The Womanizer
In MILF Paradise
Extravagante sexuelle Erlebnisse mit scharfen Müttern

MILF (Mothers I´d like to fuck) sind etwas Exklusives, denn sie sind sexy, rattenscharf und geil. Ich habe in meinem Leben bereits über 1.500 Frauen im Bett gehabt, Dutzende waren horny MILF. Viele davon verheiratet, einige Single. Die jüngste MILF war 18, die älteste 47. In diesem Werk habe ich meine extravagantesten sexuellen Erlebnisse mit ebendiesen lasziven Müttern und Kindshüterinnen zusammengestellt. Meine Frau Andrea ist nach wie vor unwissend meines wilden Treibens. Ihr bin ich der perfekte Gatte und liebevolle Vater unserer 2 Kinder.

Doch so sehr ich meine Frau liebe, treu sein kann und will ich ihr einfach nicht. Dieses Projekt „In MILF Paradise" entstand durch mein sensationelles Erlebnis mit Kollegin Nina, 23-jährige Mutter des kleinen Anton (2). Nina war der helle Wahnsinn! Ihr gebührt daher auch der Startplatz. Freuen Sie sich auf meine geilsten Affären mit MILF-Mothers, die auch Sie sofort nehmen würden. Ich wünsche Ihnen viel Freude und Anregung beim Lesen!

ISBN 978-3-7481-9116-2
Books on Demand

Buch-Tipps vom Womanizer

The Womanizer
Besiegt, Erobert & Geliebt
Wie ich Frauen über Wetten zum Sex bekomme

„Wetten, dass..?" – Wer kennt sie nicht, die einzigartige ZDF-Samstagabendshow, die 35 Jahre lang die Welt erfüllte. Spektakuläre Wetten wurden durchgeführt. Wetten spielen auch in my life eine große Rolle. Ich wette sehr gerne! Weil ich dadurch schon viele Frauen rumbekommen habe. In vorliegendem Werk habe ich meine heißesten Sexgeschichten zusammengestellt, die ich mir erspielt habe. „Besiegt, Erobert & Geliebt" lautet diesmal das Motto. In der Regel bekomme ich Frauen auch so.

Über 1.500 habe ich bereits im Bett gehabt, bald knacke ich die 2.000. Einige von ihnen musste ich aber ein wenig überzeugen, es mit mir zu tun. Und hier kommen die Wetten ins Spiel. Man muss Frauen nur eine reizvolle Wette anbieten, mit einem Gewinn für sie. Man muss sie auch am Ego packen. 7 geniale „Besiegt, Erobert & Geliebt"-Erlebnisse warten hier auf Sie. Diese sollen Sie inspirieren und Ihnen zeigen, welche Tricks mir halfen, die Nuss doch noch zu knacken.

ISBN 978-3-7528-9408-0
Books on Demand

Buch-Tipps vom Womanizer

The Womanizer
Meine wildesten Erlebnisse
Wenn Fantasien Wirklichkeit sind

Der Womanizer ist back, mit seinen wildesten Erlebnissen im Gepäck. Wir blicken auf Highlights meiner Laufbahn. Yasmin, die als Teenager in mich verliebt war. 20 Jahre später kommt es zur Reunion. In Irland hatte ich in 14 Tagen 3 Frauen. Meine Ehefrau Andrea war früher auch nicht so ohne: Was ich in ihrer „Magic Box" fand, war sehr brisantes Material. Ich interessierte mich für die hübsche Sex-Workerin Agnes, doch es kam anders. Dann Tinder: Janka war eine krasse Lady mit speziellen Vorlieben.

Und was ich mit meiner älteren Schwester erlebt habe, sollte ich besser für mich behalten. Ich bin ein Fan von erotischen Massagen. So gerne genieße ich dort eine schöne Stunde. Als Blue Man Sex zu haben, wer kann das schon von sich behaupten? Dann darf die 19-jährige, süße Quirina nicht fehlen, die Tochter meines Ex-Chefs. Es sind 112 Seiten Erotik und wilde Erlebnisse, die Sie anregen sollen, es mir gleich zu tun. Let's enjoy life!

ISBN 978-3-7504-9750-4
Books on Demand

Buch-Tipps vom Womanizer

The Womanizer
AusgeSEXt
Das Ende meines Glücks?

Ist dies das Ende des Womanizers? Meine geliebte Ehefrau Andrea hat mich rausgeschmissen und verlangte eine Auszeit. Ich organisierte mir eine Mietwohnung und ließ es trotzdem krachen. Gott sei Dank nahm mich Andrea ein halbes Jahr später wieder zurück. Glück gehabt! Während dieser heiklen Phase poppte ich so einiges: Daphne (18) hatte sich über den gefürchteten Wendler-Komplex in mich verliebt. Mit ihren sexy Schulfreundinnen vernaschte sie mich mehrmals. Heidi war nicht nur meine Immobilienmaklerin, sondern auch eine gute Gespielin im Bett. Der sexuell blockierten Maren erteilte ich Lektionen in Lust und Leidenschaft.

Die reizvolle Tattoo-Lady Jackie (34) verführte mich mit ihrem Körperschmuck. Cornelia und Leonie angelte ich mir für einen flotten Dreier und mehr. Sonja war für mich unerreichbar, also trickste ich und machte sie gefügig. Käuflich bin ich nicht, das musste die erfolgreiche Geschäftsfrau Laetitia erkennen. Statt meiner Firma ließ ich sie etwas anderes schlucken. Mein Business-Trip nach Holland brachte mich mit Susanna zusammen. Eines steht fest: AusgeSEXt habe ich noch lange nicht!

ISBN 978-3-7494-3471-8
Books on Demand

Buch-Tipps vom Womanizer

The Womanizer
Der frühe Vogel fängt den Wurm
Sweet Memories

Wer ein Womanizer werden will, muss früh beginnen. In diesem Special widme ich mich einigen meiner frühen Abenteuer. Ich stelle Rali vor, mit der ich meinen ersten Sex hatte. Die scheue Flavia weihte ich in die Liebeskunst ein. Gleichzeitig genoss ich ein heißes Programm mit ihrer älteren Schwester Franzi. Während meiner Abiturzeit ließ ich es richtig krachen. Ich vögelte mit meiner sexy Sportlehrerin Sarah.

Bei den Bayerischen Meisterschaften in Badminton legte ich die Dorothea und auch Rebecca H. flach. Die bilderbuchhübsche Susanne bekam ich über Chloe. Aus einer vertrauensvollen Bruder-und-Schwester-Beziehung mit Jasmin wurde inniger Sex. In Irland nahm ich Pippa, Emma und Teamleiterin Becky. Auf einem Musik-Festival genoss ich mit Natascha und Doreen einen lustvollen Dreier. Meine schicke Nachbarin Juli hasste mich zuerst, doch dann liebte sie mich, da ich ihre Probleme löste. Genießen Sie diesen Einblick in meine extravagante Jugendzeit!

ISBN 978-3-7519-8008-1
Books on Demand

Buch-Tipps vom Womanizer

The Womanizer
Der Robinson-Playboy
Von blauen Männern und heißen Girls

Bevor ich meine Frau Andrea kennenlernte, zelebrierte ich mein Leben als Animateur im Robinson Club Soma Bay. Dieses Buch enthält meine geilsten sexuellen Abenteuer aus meiner Studentenzeit und aus meinem Auslandsaufenthalt im Paradies. Wir starten mit der süßen Julia, die bis heute einen speziellen Platz in meinem Herzen hat. Die hübsche Lesbe Alice war in unserer Sportgruppe und wollte einen Mann ausprobieren. Soma Bay: Im Kicker-Duell erspielte ich mir Sex mit Tanz-Choreo Anush. Meine 28-jährige Teamchefin Ronda war eine top Beach-Volleyballerin, doch ich war besser. So musste sie mich erotisch massieren.

Zwaantje war Kickboxerin. Als Special Guest prügelte sie Gäste durch ihre Kurse, im Bett konnte sie sehr zärtlich sein. Quirina war Clubchef Uwes Tochter. Ein hübsches Ding! Die 19-Jährige verliebte sich in mich und ich erlebte mit ihr äußerst innige Tage. Als Blue Man Sex zu haben, ist etwas Exklusives. Blaue Ficks entstanden. Zurück in Deutschland nervte mich Nachbarin Ariel, doch aus dem Langstrumpf-Pippi-Verschnitt wurde ein so sexy Girl. Viel Freude mit blauen Männern und heißen Girls!

ISBN 978-3-7494-3318-6
Books on Demand

Buch-Tipps vom Womanizer

The Womanizer
Hot Business 1
Hübsche Kolleginnen sind gute Kolleginnen

Seit über 20 Jahren arbeite ich als TV-Produzent. Vom Mitarbeiter zum Big Boss. Ich bin schon 17 Jahre mit meiner heutigen Ehefrau Andrea zusammen und habe 2 tolle Kinder mit ihr. Und trotzdem habe ich sie unzählige Male sexuell betrogen. Still going on. „Hot Business" ist eine Serie über meine heißesten Sex-Abenteuer mit so sexy Kolleginnen, Praktikantinnen und Geschäftspartnerinnen. Dies ist Band 1. Isabel war die Erste. Melly wurde zur Affäre. Sandy ein Luder der Basic-Instinct-Sorte.

Linda eine mächtige Instanz, die mich nach dem Bettspiel abservierte. Ich rächte mich. Joanna war für unsere Webseite zuständig, doch sie widmete sich auch meinen intimsten Bedürfnissen. Nancy war dumm, aber gut im Bett. Silke verhütete, auf einmal war sie schwanger. Ich musste handeln. Lucy zelebrierte ein Praktikum der besonderen Art. Mary und Iris vögelte ich in Dänemark. Das Wiedersehen mit meiner Jugendliebe Raliza auf Businessebene war sehr versaut. Mein geiles Motto: Hübsche Kolleginnen sind gute Kolleginnen!

ISBN 978-3-7519-8942-8
Books on Demand

Buch-Tipps vom *Womanizer*

The Womanizer
Hot Business 2
Wenn die Arbeit zum Vergnügen wird

Seit über 20 Jahren arbeite ich als TV-Produzent. Vom Mitarbeiter zum Boss. Ich bin schon 17 Jahre mit meiner Frau Andrea zusammen und habe 2 tolle Kinder mit ihr. Trotzdem habe ich sie unzählige Male sexuell betrogen. Still going on. „Hot Business" ist eine Serie über meine heißesten Abenteuer mit sexy Kolleginnen, Praktikantinnen und Geschäftspartnerinnen. Dies ist Band 2. Das Wiedersehen mit Lucy gipfelte in einem Dreier mit Paula. Eva war Ü40, aber auch Ü-heiß. In Amerika erlebte ich krasse Abende in einer Glory Hole Bar.

Ella (28) wurde zu einer sweeten Affäre. Japse Aiko hatte noch nie eine deutsche Banane – dann kam ich. Mit Sabrina erlebte ich scharfen Sex, mit der dunklen Shari käuflichen. Kerstin war mit das geilste Mädel in meinem Bett. Larissa ein ONS. Ich verführte Kamerafrau Janine, obwohl sie mit Peer zusammen war. Sonja war ein eigener Fall. „Hot Business" habe ich diese erotische Buch-Reihe genannt, getreu meinem Motto: Wenn die Arbeit zum Vergnügen wird!

ISBN 978-3-7519-9979-3
Books on Demand

Buch-Tipps vom Womanizer

The Womanizer
Hot Business 3
Traumfrauen gibt es in jeder Firma

Seit über 20 Jahren arbeite ich als TV-Produzent. Vom Mitarbeiter zum Big Boss. Ich bin schon 17 Jahre mit meiner heutigen Ehefrau Andrea zusammen und habe 2 Kinder mit ihr. Trotzdem habe ich sie unzählige Male sexuell betrogen. Still going on. „Hot Business" ist eine Serie über meine heißesten Sex-Abenteuer mit Kolleginnen, Praktikantinnen und Geschäftspartnerinnen. Dies ist Band 3. Anastasia war die perfekte Frau. Kylie, Nele und Helene vernaschten mich zu dritt. Sophie, die Königin der Füße. Juliette und Olga kämpften um mich, dann teilten sie schwesterlich. Moderatorin Anna-Christina wollte mich in unter 5 Minuten glücklich machen.

MILF Nina (23) war mehr als eine Angestellte. Chiara gewann ich durch ein Trick-Spiel. Evelyn tat ALLES für den Erfolg ihrer Tochter. Meine Ex-Chefin Becky wurde schwach. Laetitia wollte meine Firma, doch sie bekam etwas anderes. Lady Susanna führte mich in härtere Sphären ein. Die Abenteuer mit der Tattoo-Frau Jackie sind legendär. „Hot Business" habe ich diese erotische Buch-Reihe genannt, denn: Traumfrauen gibt es in jeder Firma!

ISBN 978-3-7526-0883-0
Books on Demand

Buch-Tipps vom *Womanizer*

The Womanizer
Gelegenheit macht Liebe
Ein Abenteuer kommt selten allein

Ein Abenteuer kommt selten allein. Zumindest für den, der fleißig danach sucht. Und genau das tue ich. Ich, der Womanizer, der schon über 2.000 Frauen im Bett hatte und noch längst nicht genug hat. In den letzten Monaten war ich äußerst aktiv. Okay, ich bin verheiratet und habe Kinder. Ich führe eine Familie. Und doch: Das alles ist mir nicht genug. Ob ich meine Andrea betrüge? Ja. Aber nicht wirklich, schließlich finanziere ich uns allen ein geiles Leben. Ich schufte viel und treibe das Geld ein. Da darf man sich auch mal was gönnen. Während sich andere ihren vierten Porsche kaufen, stecke ich mein Geld lieber in die Betten anderer Frauen.

In diesem Buch nehme ich Sie mit nach Amerika, wo ich ein heißes Abenteuer mit Geschäftsfrau Harper hatte. Welche Rolle dabei die Diven Grace und Eleanor spielten? Lassen Sie sich überraschen! Manchmal allerdings hilft nicht einmal der größte Charme, eine Frau gefügig zu machen. Doch bares Geld macht alle Frauen schwach! Die blutjungen und bildhübschen Nele und Xandra musste ich bezahlen, aber es lohnte sich sowas von. Marlene lernte ich im Fußballfieber kennen, nach dem Abpfiff durfte ich einlochen. In Schottland hatte ich Sex mit 9 Frauen gleichzeitig. Rockige Erinnerungen gebe ich ungefiltert an Sie weiter ebenso wie aktuelle News: Ich bin zum 3. Mal Daddy geworden. Aber meine Andrea ist nicht die Mutter von Niklas. Männer, denkt daran: Gelegenheit macht Liebe, also nutzt sie!

ISBN 978-3-7557-2624-1
Books on Demand

Buch-Tipps vom Womanizer

The Womanizer
Eine Affäre macht noch keine Liebe
Oder doch?

Eine Affäre macht noch keine Liebe. Oder doch? Seien wir ehrlich: Ich bin ein toller Ehemann, Vater, Firmenchef, Liebhaber, Seitenspringer. Treue ist etwas Glitschiges, das so keine Bedeutung für mich hat. Emotionale Treue ja, aber körperlich muss ich mich austoben. Und das geht nicht nur mit einer Frau. Ja, ich spreche von Andrea, meiner großen Liebe. Wenn sie wüsste, was ich alles treibe. Zum Glück weiß sie es aber nicht ... oder vielleicht bald doch? Denn ich habe festgestellt, dass der Satz „Eine Affäre macht noch keine Liebe" solange Gültigkeit hatte, bis Susi in mein Leben kam. Die verstörte, von ihrem Ex gepeinigte, zierliche Schönheit hat mein Leben verändert. Ich habe mich total in sie verliebt. Ist mir schon mal passiert, mit Melly. Damals konnte ich noch die Kurve kratzen. Doch diesmal ist es viel schwieriger. Soll ich Andrea und meine Kinder verlassen? Oder meine zweite Liebe Susi verabschieden? Jene heikle Frage dominiert dieses Buch.

Aber es gibt noch mehr Geiles aus meinem Leben, z.b. meine Besuche bei Sexualtherapeutin Juna, die für mich, um eine korrekte Diagnose zu stellen, sämtliche Tabus brach. Letzten Endes landeten wir in der Kiste. Spooky waren die Erlebnisse, die ich mit Sexarbeiterin Alexis hatte. Hier versagte der Womanizer auf ganzer Ebene. Ich konnte einfach nicht kommen, weil sie mich immer so durchdringend anstarrte. Und das war nicht meine einzige Niederlage. Aber auch andere mussten Niederlagen einstecken, die ich ihnen beibrachte, z.B. Ahmed und Osama. Dafür bekam ich ihre Frauen. Auch Zuhause war einiges los: Andrea überraschte mich mit einem flotten Kurzhaarschnitt. Neuer Haarschnitt, neue Frau. Ja, ich hatte meinen Spaß!

ISBN 978-3-7557-5822-8
Books on Demand